ォルデシア帝国
魔教の
ザーマイン
リアグル
レビ湖
ガルドシュタ
フェリアーナ
旧ルナン
魔物の森
ナルスガル
シャンドリス領
システィン
リディア
シャンドリス
サンクワール
枯れ谷
ザワール
狼の島

——☆——☆——☆——☆——☆——☆——☆——☆——☆——☆——

異世界に存在する大陸、ミュールゲニア。
科学文明の魔手《ましゅ》はまだこの地を覆《おお》うことなく、廃《すた》れつつあるとはいえ、いにしえより伝わる魔法も細々と受け継がれている。

そんな、剣と魔法が支配する世界——

シェラザード山脈の戦い——サンクワールやレイファンら同盟軍とザーマインの直接対決は、同盟軍側の勝利で幕を下ろす。
しかし、レイグル王を討ち取ることができず、ザーマイン軍も未《いま》だレイファン国境付近におり、その勝利は限りなく痛み分けに近いものだった。

一方、少年レインと宗主クレアは、人々に自らの組織の存在を広く知らしめるため、自分達の国を手に入れようと画策する。
そこで目をつけたのは、暴君バルダーが圧政を敷くバルザルグだった。

暗殺や襲撃《しゅうげき》を警戒し、多数の兵士と結界で守られたマイエンブルク城に引き籠《こ》もっているバルダー王。
彼を倒すべく、少年レイン達は王城へ奇襲を仕掛ける——

——☆——☆——☆——☆——☆——☆——☆——☆——☆——☆——

※度量衡《どりょうこう》はあえてそのままにしてあります。

《登場人物紹介》

レイン：25歳だが、肉体年齢《ねんれい》は18歳で永遠に停止
本編の主人公で小国サンクワールの上将軍《じょうしょうぐん》。本人曰《いわ》く、「傲岸不遜《ごうがんふそん》と常勝不敗《じょうしょうふはい》が売りの、世界最強の男」。しかし、時に隠れた優しさを見せることも。

シェルファ・アイラス・サンクワール：16歳
サンクワールの新国王。形式的には主従《しゅじゅう》関係にあるが、そんなことは関係なくレインが大好き。最近、急に人格が変貌《へんぼう》する時がある。

ラルファス・ジュリアード・サンクワール：25歳
本姓はジェルヴェール。レインの同僚《どうりょう》で、サンクワール建国の祖である五家の一角。

ギュンター・ヴァロア：年齢不詳《ねんれいふしょう》……外見は20歳そこそこ
常に苦い表情を崩《くず》さない、レインの股肱《ここう》の臣《しん》。寡黙《かもく》で有能な男。主《おも》に諜報《ちょうほう》や工作担当。

ガサラム：55歳
かつて名のある騎士だった。レインの少年時代に遭遇《そうぐう》したきっかけで、彼の旗下《きか》に。

シルヴィア・ローゼンバーグ：3700歳以上
ヴァンパイア・マスター。元始《げんし》のヴァンパイアにして、ルーンマスターの始祖《しそ》でもある。

ノエル：120歳前後
超強気《ちょうつよき》な魔人《まじん》少女。魔族の中では若いが、上位魔人《まじん》として魔界でも一目《いちもく》置かれている。

アリサ：外見からすると20代
魔剣《まけん》サクリファイスを持つ女戦士。怜悧《れいり》な美貌《びぼう》を持ち、魔族を憎《にく》んでいる。

クレア：16歳
謎の組織を束ねる盲目《もうもく》の少女。人々に仇《あだ》なす魔人《まじん》を一掃《いっそう》しようとしている。

タルマ：17歳
クレアの姉。妹と組織の行く末を憂《うれ》えていた。

レイン（少年）：15歳
クレアの能力メモリーズによって出現した少年時代のレイン。

バジル：48歳
クレアに心酔《しんすい》する大男。ビーストマスターの能力を持つ。

レスター：22歳
クレアの配下《はいか》。複数召喚《しょうかん》を得意とする、召喚士《しょうかんし》。

バルダー：中年
バルザルグの王。マイエンブルク城から圧政を敷き、国民を苦しめている。

ノース：年齢不詳《ねんれいふしょう》（ただし見た目は少年）
過酷な魔族の世界を嫌い、自分の殻《から》に閉じ籠《こ》もることを望んだ魔人《まじん》。

ゲネシス：見かけは20歳過ぎくらい
セレステアに降り立った魔人《まじん》。好戦的な性格で、対《つい》の槍《やり》マーシレスレッドを操る。

アクター：1000年以上生きているはずだが、繊細《せんさい》な少年に見える
かつてゲネシスと共にミュールゲニアに侵攻した魔人《まじん》。ただし戦いを好んではいない。

レイグル王：年齢《ねんれい》等は不詳《ふしょう》
大国ザーマインを統《す》べる王。5年前、前王を倒して玉座《ぎょくざ》に就《つ》いた。恐るべき力の持ち主。

レイン
光の当たる場所 12
吉《よし》野《の》 匠《たくみ》

目次

プロローグ　見切り

クレア達の一行は、無事にバルザルグの王都、ファンティーヌに到着した。

もはや魔族を滅《ほろ》ぼす組織としては新たな転換をしつつある彼女達だが、しかし今のところはまだ隠れ潜《ひそ》む生活から抜け出せてはいない。

この点、組織の宗主であるクレアと——そして少年の姿をしたレインとは、意見が一致している。

組織が公然と世間に名乗りを上げるのは、王都の北側にそびえ立つマイエンブルク城を落とし、バルダー王を倒してからでもいいだろうと。

そのようなわけで、今回も王都内にいる組織の援助者の元にやっかいになることとなった。

この国では有力な商人と呼んでいい男の屋敷に、クレア他幹部数名が潜《もぐ》り込んだわけだが……しかし、サンクワールで世話になった豪商の広い邸宅《ていたく》とは違い、ここはまた随分《ずいぶん》とこぢんまりした屋敷だった。

木造の三階建てではあるが、既に老朽化《ろうきゅうか》した古い建物で、申し訳程度についた庭も、十歩も歩けば、すぐに柵《さく》に行き着く。

中も庭と同様に慎《つつ》ましく、一番広い部屋が一階の居間に当たる大部屋だったが、そことて六人も入れば窮屈《きゅうくつ》に感じるだろう。

長所と言えば、あまり目立たない王都の隅っこに屋敷がある、というくらいだろうか。

例えばサンクワールでは、一部の富裕な住民のお陰で国自体が豊かな印象があるが、あいにくこの国においては、事情が違うようだった。

裕福なはずの商人といえども、他国よりは恵まれない生活を強《し》いられているらしい。


「クレア様をお迎えするのは望外《ぼうがい》の喜びですが、このようなあばら屋にて、汗顔《かんがん》の至りです」


屋敷の主人である痩身《そうしん》の中年が、一階のホールまでクレア達を迎えに出て、深々と一礼した。

彼の名はヴァレンといい、マイエンブルク城に食材その他生活雑貨を運ぶ役を一手に引き受ける、いわば城の御用商人である。

しかしその彼ですら、屋敷を新築するほどの蓄《たくわ》えも持たないらしい。

加えて、彼が王都内に持つ店は別として、この私邸には召使いの類《たぐい》も皆無《かいむ》のようで、ある意味では徹底《てってい》していた。

この国では、王とその周囲の僅《わず》かな太鼓《たいこ》持ち以外は、全員が等しく、豊かさとは縁《えん》がないらしい。

「気にしないでください、ヴァレンさん」

クレアは焦点《しょうてん》を結ばない瞳《ひとみ》を彼に向け、柔《やわ》らかく告げた。

「食事ができて雨に濡《ぬ》れないだけで、ありがたいことですよ。急な連絡にもかかわらず、私達を迎え入れてくださり、嬉《うれ》しく思います」

「とんでもありませぬ」

古着に近い灰色のスーツを着たヴァレンは、またしても頭を下げた。

「先程も申し上げた通り、お役に立てるならこれほど嬉《うれ》しいことはありません。私とて、組織の一員であり、使命を忘れたことは一度もありません。滞在《たいざい》中、なんなりとお申し付けください。ところで――」

服と同じ灰色の髪《かみ》をした彼は、クレアとタルマの後ろに立つ黒衣の少年を見て、やっと尋《たず》ねた。

どうも、最初から随分《ずいぶん》と気になっていたらしい。

「え～、彼は新しく雇《やと》った傭兵《ようへい》でしょうか？」

「雇《やと》ったというか、同志ですよ」

クレアはくすりと笑い、一瞬だけレインを振り返った。

「新たに我が組織に迎え入れた軍師兼、私の護衛兼、組織の幹部ですね。名をレインさんといいます。どうぞよしなに」

「は……それは」

予想以上に豪勢《ごうせい》な紹介に驚いたのか、ヴァレンが目を白黒させる。

そのうち、レイン自身がぶっきらぼうに述べた。

「今の紹介は、全部忘れていい」

むすっとした顔で、あっさりとクレアの言葉を全否定する。

「俺の立場はただの護衛が一番近いと思う。それと、俺はどこでも眠れるから、部屋も適当でいいし、食事も余り物でいい。あまり気を遣わないでくれると助かる」

「は……はあ」

どう反応したものか苦慮《くりょ》した様子で、ヴァレンはやせ細った少年であるレインを見やり、それから微笑《びしょう》したままのクレアに目を向け、最後に肩をすくめたタルマを見た。

結局、クレアがまた静かに付け足した。

「私の言葉が真実ですよ。後から他の仲間も来るので、どうぞよろしく、ヴァレンさん」

「はっ」

慌《あわ》てた様子で応《こた》えたヴァレンは、息を吸い込んでクレアを見ると、思い切ったようにまた切り出した。

「それで……今回のご滞在《たいざい》は、どのような理由で」

「マイエンブルク城を落とし、バルダー王を倒すんだってさ」

いい加減立っているのが辛《つら》くなってきたタルマが、いきなり横から口を出す。

文字通り、まん丸に目を見開いたヴァレンを見やり、人の悪い笑みを広げた。

「それもねぇ、なんとこのレイン小僧《こぞう》が一人でやるらしいわよ？　正直、世の中をナメてると思わない、こいつ？」

「きっかけを作るのは一人だが、後は手助けもいる。そう説明したはずだぞ」

レインが年齢《ねんれい》に似合わぬ凄《すご》みのある睨《にら》みをくれたが、タルマは平然と胸を反らした。

「似たようなもんよ。とにかく、最初は一人なんでしょうが！」

「は……あの……いや、しかし――」

絶句したヴァレンは、かなり後退した額に震える手で触れ、おどおどと皆を見比べた。

誰も応じてくれないので、やむなく自分で続ける。

「それはその、冗談《じょうだん》ですよね？」

「なぜそう思うんだ？　たかが城一つじゃないか」

大注目を集めたレインが、無表情に言ってのけた。

☆

……無愛想《ぶあいそう》さはともかくとして、タルマが見る限り、レインのやることはいちいち謎めいて見えた。

例えばファンティーヌに着いた数日後、クレアがちらほらと集まりつつある組織のメンバーに対し、剣技を指導していたことがあった。

事情があってバジルはまだ到着していないが、先に来ていた召喚士《しょうかんし》のレスターが、神官《しんかん》が纏《まと》うような白いローブ姿のまま、クレアと練習試合をやったのだ。

クレアの腕はなにしろ組織内では一番（のはず）なので、時折こうして仲間に稽古《けいこ》をつけてやっている。レスターは剣技の方は専門ではないので、なおのこと、たまには稽古《けいこ》も必要となる。

いざ戦闘ともなれば、剣を使わざるを得ない時も考えられるからだ。

今回、クレアは地下の倉庫部屋を借り、木箱や樽《たる》などを周囲にどけて剣技指導を行《おこな》っていた。

もちろん、相手はレスターだけではなく、タルマ本人も含めて、組織のメンバーが数名ほどいた。

そこへ、珍《めずら》しくレインがぶらりと顔を見せ、部屋の隅に置かれた木箱に座ったので、皆は大いに驚いた。

「……いやぁ、あんたに稽古《けいこ》は必要ないんじゃないかなぁ？」

日頃、意外とレインと上手くやっているレスターが、目を丸くして尋《たず》ねたほどだ。

余談だが、レインは絶望的に無愛想《ぶあいそう》な割に、なぜか（一部を除いて）組織のメンバーの信頼が厚く、今や昔から組織にいたかのように溶け込んでしまっている。

こいつはむすっとして一言もしゃべらないことが多いくせに、姿が見えなくなると、どういうわけか妙に気にする者が多い。

それはもう、誰かが必ず「レインが見当たらないけど、どうしたかな？」などと、心配そうに周囲を見渡すのである。

『レイン小僧《こぞう》の七不思議』とタルマがこっそり命名しているほどで、これまで密《ひそ》かに数えていたところでは、レインの姿が見えない時に、それを指摘しなかった者がいなかった試しはない。

たまにクレア達が一階の居間になんとなく集まって話し合うことがあるが——仮に最初はレインが部屋にいて、途中からひっそりと姿を消しても、必ず誰かが気付いて口にするのだ。これはもう、不思議議と言う他はない。

無駄に存在感が大きいようで、タルマとしては首を傾《かし》げざるを得ない。

とはいえ、愛想《あいそう》のなさは全く変わらない。やってきた彼は、今もあっさりこう言った。

「稽古《けいこ》のいらないヤツなんかいないはずだ。ちょっと見学させてもらおうと思ったんだ」

「そうかぁ。でもまあ、僕の剣技は無視して、クレア様のだけ見ててくれよ？」

「俺の見たところ、おまえも筋《すじ》は悪くないと思う」

どこまで本気なのか、レインがぼそっと返すと、レスターはまん丸な顔に満面の笑みを広げ、物《もの》凄《すご》く嬉《うれ》しそうに笑った。

「よ、よせやい……へへへっ」

実におめでたいヤツである。

……と皮肉な目でタルマは見ていたが、案外、レインは本気でそう言ったのかもしれず、結局、彼女にもレインの本心はイマイチわからないのだった。

ともあれ、レスターの稽古《けいこ》が終わり、彼がくたくたになって引き上げた後も、クレアは疲れた素《そ》振《ぶ》りも見せずに残った全員の相手をしていた。

とうとう最後の一人であるタルマの番になっても、なぜかレインはまだ同じ木箱に座り、じっと稽古《けいこ》を眺《なが》めていた。

「あんたさ！　そこで瞬《まばた》きもせずに見つめられると……（息切れ）……気になるんだけどっ」

宗主とはいえ、妹から木剣で首筋に寸止めされ、数度目の敗北が確定した時、タルマはついにレイン小僧《こぞう》を睨《にら》み付けた。

もちろん、堂々たる八つ当たりである。

「そうか、悪かった。……おそらく二度と邪魔することはないから、今回は許してくれ」

あっさりそう言って立ち上がったレインに、なぜか慌《あわ》てたのはクレアである。

「二度と来ない、というほどのことでもないでしょう？　なにか、私に気に入らないところでもありましたか？」

「いや」

早くも立ち上がっていたレインは、すぐに首を振った。

「そうじゃなく――」

しばらく迷っている様子だったが、ためらいがちに述べた。

「もう十分に見せてもらったと思ったんだ」

タルマとクレアは、姉妹揃って顔を見合わせた。

「なにさ、それ？　もしかして、見るべきは全部見たってこと？」

「……私から学ぶようなことは、もうなさそうだということですか？」

これまた、姉妹揃って不機嫌な口調で尋《たず》ねる。

さすがのクレアも、やや憮然《ぶぜん》としていた。

「俺にとっては、これも修練の一つだったんだ。そう気にしないでくれ」

意外なことに、レインは決まりが悪そうだった。

嘘をつきたくないので正直に述べたものの、後の展開に困惑した……そういう様子だった。

とはいえ、今更《いまさら》遅い。

「よぉし、そこまで言うなら、クレアと一発やっちゃいなよ！」

タルマは大声でけしかけ、直後に慌《あわ》てて手を振った。

「あっ。し、試合のことだからね、試合のっ」

「……何を焦《あせ》ってるんだ、おまえは。言われなくてもわかってる」

渋面《じゅうめん》でレインは返し、そのまま背を向けた。

「もうみんな疲れてるだろうし、必要もないはずだ」

「まあ、そう言わずに。私も興味があります、レインさん」

クレアはさっと退去しようとするレインの前へ回り込み、真剣な顔で彼を見た。

裾《すそ》の短いチュニック姿だったが、既に手にはもう一振りの木剣を持っていて、それを素早《すばや》くレインに押しつけてしまう。

「一度、お願いできませんか？　貴方《あなた》の現時点での実力には、私も興味がありますし」

「おぉ、クレアも意趣返しすることがあるのねぇ」

タルマはニヤニヤと笑い、自分が代わりに木箱に座り込む。

「さっ、思う存分、叩《たた》きのめしちゃって！　こいつに寸止めとか、全くいらないし」

「いえ……あくまで練習ですよ、これは」

もはやすっかり不機嫌な表情は消え、今度はクレアの方が困惑していた。

「ただ、試してみたいだけです」

「……いいだろう。ちょうど今は、余計な見物人もいないしな」

迷っていたレインは、結局は思い直したのか、木剣を下段に構えた。

「俺はいつでもいい。殺す気で来てくれ」

至極真面目《しごくまじめ》な顔で、とんでもないことを言う。

さすがのタルマも顔をしかめたが、すぐに申し出た。


「よぉーし、その言葉を忘れないでよ？　あたしが、臨時の審判役をしてあげようじゃないさ」

タルマはわざわざ両者の中間に立つと、片手を上げて二人を交互に見た。

「手を下ろしたら『はじめ』の合図ってことでいい？」

「いいです」

「別になんだっていい」

二人の承諾を得た瞬間、タルマは自分が人の悪い笑みを浮かべているのが実感できた。

これでさすがのレインも、少しは己の分《ぶん》を知ることだろう。だいたいこのレイン小僧《こぞう》は、ちょっと強いからといって、日頃から生意気である。

クレアに対しては「あんた」と呼ぶのに、自分に対しては「おまえ」と呼ぶのも、大いに気に食わない。

みみっちい私怨《しえん》を胸に秘め、タルマは思いっきり手を振り下ろした。

「それでは――はじめっ」

第一章　生死を預ける

あの地下倉庫での練習試合中、見物人が自分だけで幸いだったと、タルマは後になってから思った。

いや、そもそも試合直後は「こいつ絶対イカサマしてるでしょ!?」とタルマは思ったのだが……

何度やろうと同じ結果になるのを見て、認める他はなくなった。

……どうやらレインは、しばらくクレアの剣技を見物して、すっかり見切ってしまったらしい。

はじめっ――とタルマが叫《さけ》んだ次の瞬間、クレアは風のようにレインの間合いに躍《おど》り込んだのだが、彼の身体が残像を残して綺麗《きれい》に流れたかと思うと、ぴたりと木剣がクレアの首筋で止められていたのだ。

一部始終を見ていたタルマでさえ、正直、何が起こったのかよくわからなかった。

「ええっ」

「――まさか！」

タルマは当事者のクレアと共に、姉妹して叫《さけ》んでしまう。どうにも納得できなかった。

今現在はれっきとした成人であり、上将軍《じょうしょうぐん》として活躍もしているサンクワールのレインとだって、クレアはかなりよい勝負をしたと聞く。それがどうして、まだ十五歳やそこらの、ガキんちょレインに敗れるのか？

こんな理不尽な話はない。

「あんたなに、手を抜いたわけ？」

タルマが思わず妹に尋《たず》ねたのも、当然だろう。

しかし、クレアの顔色を見れば、彼女自身にも意外なことだったとはっきりわかった。

「も、もう一度お願いできますか？　どうも納得がいきません」

「構わないが……今のままだと、何度繰《く》り返しても同じだぞ」

レイン小僧《こぞう》が生意気なセリフを吐《は》いたが、実際、彼の言う通りだった。

もう一度、両者が中央に戻り、木剣を構え直して相対《あいたい》し、タルマが合図を出す——今度もまた、先の試合と同じ結果になった。

というより、タルマの目には、前回より勝負が決まるのが早かったように思えた。

クレアの繰《く》り出す必殺の斬撃《ざんげき》は空《むな》しく残像を斬り、そして次の瞬間、死角から剣撃を放ったレインがクレアの急所で寸止めをする。

まるで、お互いに入念に打ち合わせたかのような動きで、開始合図と同時に双方が流れるように

動き、気付けばレインの木剣がクレアの首筋にぴたりと当てられていた。

……本当に、呆《あき》れるほど瞬時に勝負がついた。

こいつら、わざとやってるのかとタルマが疑ったほどだ。

「……どうして」

ここ何年も見たことがないほど混乱した表情で、クレアがレインを見た。レインは実に居心地悪そうに答えた。

「あんたの調子が悪いんじゃない。前に言わなかったか？　俺にはそういうことが可能なんだ。長く観察すればするほど、相手の動きが読めてしまう」

淡々と説明しつつ、例によってこいつは余計な解説もしてくれた。

いや、本人にしてみれば、クレアが受けたショックを本気で案じてのことかもしれないが。

「俺が無用の試合を受けたのは、実地で見た方が納得しやすいと思ったからだ。以前忠告しただろ？例のあいつとは絶対に戦うなと。多分、あんたは前回の戦いの時にも死の淵にいたと思うし、次は確実に殺《や》られる。これでわかってくれたと思うんだが」

困ったような顔でクレアを見やるレインである。

クレアのショックが大きいようなので、心配しているらしい。

「そう……ですね」

当のクレアは、やがて大きく息を吐《は》き、苦笑めいたものを浮かべた。

「信じる他はありますまい。貴方《あなた》のあだ名は伊達《だて》ではないようですね。こう見えて、私も天才剣士扱いされてたんですが、自信が消滅する思いです」

「じゃあ、無闇にあいつに手を出すのはやめてくれるな？」

「ていうかさぁ、今のはイカサマじゃないのー？」

タルマはしんねりとした目でレインを見やり、疑惑を表明したが……双方から無視された。

「ご心配をどうも。でも、今の組織は無差別に魔族を狩ることを目的としていません。放っておいても、もはやあの方とぶつかることはないと思いますわ」

「俺もそう思うんだが……言いたくないが、あいつは頑固《がんこ》だからな。状況によっては、そうとも言い切れない」

レインが大真面目《おおまじめ》な顔で首を振り、クレアとタルマは思わず顔を見合わせて噴き出してしまった。

このレインは……あくまでも自分こそがレイン本人であり、向こうはただの別人だと思っているようだった。

不思議なのは、本来はむしろ逆なのだが……彼と接しているうちに、タルマ達も少しずつそんな気持ちになってしまっていることだろう。

間借《まが》りしたヴァレンの私邸ではそんな出来事もあったものの、レインの場合、こっそり外出している時間の方が長かった。

しかも、妙にかさばる大荷物を背中に背負い込んで、ふらりと消えてしまう。

全て彼の自由にやらせているクレアが、「何をしているのですか？」と試みに訊《き》いたことがあるが、レインは「下調べと天候の確認だ」と述べるだけで、具体的には何も教えてくれなかった。

というか、やはりこの王都ファンティーヌに着いてからも、今までと同様、レインは外出する度《たび》に生傷をこしらえて戻って来るていたらくで、クレアはもちろん、タルマもだんだん本気で心配になってきた。

無論、この場合のタルマの心配とは、レインが性急な動きをすることで、組織まで危険に晒《さら》されることを指している……つもりだ。

「あんたさ、いい加減、何をしているのか話しなよ」

地下の倉庫でおかしな工作などやっているレインに向かい、タルマはある日、断固として詰問《きつもん》した。レインは樽《たる》に腰掛けて、でっかい木片を相手に格闘しているが、何を作ってるのやら、さっぱりわからない。おおざっぱに言うと、こいつが削《けず》って形を整えているのは三角形の『何か』だが、それはあくまで『もっと大きな本体』の一部のように見える。

おまけに、黙々と工作用のナイフを動かしながら、レインは言うのである。

「話してもいいが、どうせ信じてもらえない」

「あっそう。なら、この際は逆にあたしがあんたに警告しておくけどさ」

と、タルマはわざわざ自分も木箱の上に座り込み、じっとレインを見た。

「バジルが明日、到着するって報告が来たよ。……あんた、わかってる？」

「それは、俺が恨《うら》まれているのがわかっているか、という意味なのか？」

レインはやっと木片を削《けず》る手を止め、タルマを見た。

——ああ、あたしはこいつの瞳《ひとみ》が苦手！

ばっちり視線を合わせたタルマは思う。いつも思うのだが、二人きりの時は特にそう思う。

別に、こっちの胸やら腰やらを見るといった、たまに他の男性から感じる性的な視線では全然ない。本人の日頃の言動通り、実に静かに澄《す》み切った、綺麗《きれい》な黒い瞳《ひとみ》なのだが。

なぜだろうか、じっと見つめていると落ち着かない気分になるのだ。

タルマは、昔から夜空を見上げた時に、微《かす》かに畏怖《いふ》を覚えることがあるが……あの時の感覚と少し似ているかもしれない。

しかも、こいつの瞳《ひとみ》は落ち着きすぎるほど落ち着いているように見えて、なぜか本当は灼熱《しゃくねつ》の感情を隠し持っているような気がしてならない。

このレイン小僧《こぞう》は平静そうに見え、実はそんなマグマのような思いを常に抑え込んでいる……タルマはそう思えてならないのである。

「……タルマ？」

黙り込んだタルマに、レインが静かに尋《たず》ねた。

目を瞬《またた》き、タルマは息を吐《は》く。

「と、とにかくね、あいつはあんたのせいで、クレアの前で赤っ恥《ぱじ》かいたと思ってるわけで、いきなり襲いかかってくる可能性もあるわ。いくらあんたでも、獣化したバジルとやり合うのは嫌でしょ？　用心した方がいいんじゃない？」


「俺が、バジルと戦うことはない」


レインが、時折見せる不思議な自信と共にほざいた。

しかも、お得意の断定口調である。

「……なんで？　あんたなに、そこまで自分の実力に自惚《うぬぼ》れてんの？」

「違う。戦うことなどないと言ってるんだ。言い換えれば、あいつを相手に俺が剣を抜くことはない。だから心配いらない」

しれっと言い切るレインに、タルマはもちろん眉根《まゆね》を寄せた。

言っちゃ悪いが、タルマはバジルと知り合ってから五年以上が経つ。あいつは小心者だが、切れた時は誰も手がつけられない。現についこの間も、タルマは山小屋で獣化したバジルとかち合ったばかりなのだ。

途端に、毛むくじゃらのバジルの裸が脳裏に鮮明に浮かんだ。

「うわぁ！　あんたのせいで、あいつのすっ裸を思い出したじゃないさっ。どうしてくれんのっ」

チュニックの袖をまくって、鳥肌《とりはだ》が立ったのをレインに見せつけ、タルマは思う存分、不平を鳴らしてやった。だいたい前回の事件でも、バジルのレインへの嫉妬心《しっとしん》のお陰で、思わぬ巻き添えを食らったようなものなのだ。

それを指摘すると、しかしレインは、思いの外《ほか》素直に低頭《ていとう》した。

「それは悪かった。だが、今回同じことがあれば、俺が直接、あいつと話すさ。だから、もう迷惑はかけない」

「迷惑っていうか……クレアも心配してるよ。あの子は事情がよくわかってないけど、バジルがあんたを恨《うら》んでるのは、何となく察してるみたいだからさ」

タルマは両手を広げて教えてやった。

本当はクレアにも、「バジルがあんたをレインに取られると思って、嫉妬《しっと》しまくりなんだよねぇ」とずばっと言ってやってもよいのだが……妹にこれ以上余計な気苦労を押しつけるのもどうかと思い、堪《こら》えているのである。

「……第一、妹はバジルを仲間としか思ってないからねぇ」

わざとらしく呟《つぶや》き、タルマはレインをちらっと見やる。

しかし、この時のレインは頑《かたく》なに沈黙を保った。

……結局、問題が解決しないまま翌日になり、バジルがとうとう屋敷へ来た。


バジルの来訪は、タルマから見ると最悪だった。

なにしろ到着した時、組織の中で唯一バジルを抑えられるはずの妹のクレアが、たまたま王都フアンティーヌの偵察《ていさつ》のため、屋敷を出ていたのだ。

普通、そういう時はレインもついていくのだが、今回はレイン自身がクレアより先にどこかへ偵《てい》察《さつ》に出かけていて、同行できなかったのだ。

……なのに、午後遅くになってバジルが到着する直前、当のレインは屋敷に戻っていた。

クレアがまだ戻らないのに二人が顔を合わせたわけで、全くもって最悪の事態だった。

そもそもバジルは、すっ裸で山小屋のそばに倒れていたのをクレアに見られたと勘違《かんちが》いしている。

今回、「私用のため、後から追いつきます」などと旅立ち前に別行動を取っていたが、実はそれは言い訳にすぎず、遅れたのはあの件を恥《は》じたからではないかと、タルマは睨《にら》んでいる。

どうせ今の今まで、一人でどこかに籠《こ》もって呻《うめ》いていたに違いない。

暴れたら手がつけられないくせに、本質的に弱虫のバジルは、クレアに対しては（色んな意味で）からきし駄目なのだ。

それでも、応対に出た屋敷の主人であるヴァレンと対応している時は、まだバジルは大人しかったのである。

なのに、余計なところへ余計なヤツ（つまりレイン）が屋敷のホールにわざわざ出てきて、その和《なご》やかな場面を凍《こお》り付かせた。

当たり前のような顔で奥から出て来て、バジルに軽く頷《うなず》いて見せたのだ。

本人は挨拶《あいさつ》のつもりらしいが……これほど空気を読まない小僧《こぞう》を、タルマは寡聞《かぶん》にして知らない。


「——あ、あんたねっ」


心配で先にホールに出ていたタルマは、無論、慌《あわ》ててレインを隅の方へ引っ張っていった。

「なに考えてんのよっ。どうして出てくるかな！」

「なにがだ？」

「しれっと、『なにがだ？』じゃないわよ!?　あれ見てわからない！」

呆《あき》れてしまい、タルマは戸口に立つバジルの方に目配せする。

革ズボンと麻のシャツという粗末な格好《かっこう》のバジルは、髪《かみ》を逆立て、黒い瞳《ひとみ》を充血させてレインを睨《にら》んでいる。先程までは「お世話になります」などと、ヴァレンに低頭《ていとう》していたのに、今やそのヴァレンがたじろいで後退するような形相《ぎょうそう》だった。

猫背だったたくましい上体も真っ直ぐに伸び、二メートルに近い巨躯《きょく》がレインを威圧《いあつ》するように見下ろしている。

「わっ。いきなりこれ!?」

遅れてホールに出迎えに出てきたレスターも、いきなり仰《の》け反《ぞ》っていた。

「バ、バジル。ねえ、落ち着きなよ」

タルマに代わり、比較的バジルと仲のいい彼は、困ったように宥《なだ》め始めた。

しかし、バジルは鼻息も荒く喚《わめ》き返す。

「わしは落ち着いているっ」

正面ホールの窓がビリビリ震えるような怒声《どせい》であり、顔が真っ赤だった。

「いや、どこが落ち着いてんだよー」

眉根《まゆね》を寄せたレスターは、静かに立つレインとバジルの間に割り込んだ。殊勝《しゅしょう》にも、喧嘩《けんか》を止めようとしているらしい。

レスターはレインにも好意を抱いているらしいので、何とかしたいと思ったのかもしれない。

「今のレインは、敵じゃなくて仲間なんだ。以前みたいに熱くなる必要はないんだから――」

「こいつのどこが仲間だああっ」

「うへっ」

さすがのレスターも手で耳を塞《ふさ》ぐようなでっかい声だった。

というか、とうに耳を塞《ふさ》いでいたタルマですら、あまりの音量に顔をしかめた。

「あんた馬鹿なのっ。隠れて潜《ひそ》んでるのが、わからないかしらね！　でっかい声で喚《わめ》くな、馬鹿馬鹿あっ」

「……おまえの声も、十分すぎるほどうるさい」

レインが横でぶすっと吐《ぬ》かす。

人がせっかくバジルを止めようとしてやってるのに、恩を仇《あだ》で返すヤツである。

「あんたね」

タルマが吐《は》き出そうとした嫌みを無視し、レインは自ら前へ出た。

「俺に話したいことがあるんだろ？」

「な、なにっ」

荒い呼吸と共に肩を派手に上下させ、レインを睨《にら》んでいたバジルが、ようやく戸惑《とまど》った表情を見せた。

「ちゃんと聞こえたはずだ。その様子では、俺に苦情があるんだろうなと思うが……違うか？」

「そ、そうだっ」

唾《つば》を飛ばしたバジルに対し、レインは静かに屋敷のドアを指差した。

「だと思った。それなら話を聞こう……外へ出ないか？」


「あんた、脳みそ沸《わ》いてんの⁉　表へ出ろって、喧嘩《けんか》売るようなモンじゃないさっ」

「おいおい、レインっ。そりゃまずいよ！」


焦《あせ》ったタルマとレスターが二人して止めようとしたが、レインはもうさっさと屋敷のドアを開けていた。

「二人で話すのが一番だと思う。あんたも、異論はあるまい？」

振り返ったレインが、どうということのない顔で首を傾《かし》げた。

まったく平静であり、緊張しているような様子は露《つゆ》ほども見られなかった。これが本心なら、こいつは信じ難《がた》いほど鈍感《どんかん》か……あるいはタルマが思う以上に自信過剰《かじょう》の傲慢《ごうまん》なヤツだったのかもしれない。

とはいえ、留守を預かるタルマとしては、そのまま行かせるわけにもいかない。

バジル自身は拍子《ひょうし》抜けしたように、「む……いいだろう」と覚悟を決めたように頷《うなず》いて後に続こうとしていたが、とんでもない話である。

「組織内で私闘は御法度《ごはっと》だよ！　あたしが行かせ――」

タルマは断固として止めようと足を踏み出しかけたが、その前に外に出ていたレインが、振り返って素早《すばや》く何事か詠唱《えいしょう》するのがわかった。

途端に、外へ飛び出そうとしたタルマは、見えない障壁《しょうへき》に弾かれておでこをぶつけた。

「いつっ」

頭を抱えて呻《うめ》いてしまう。

「なによう、これっ」

その間に、レインはバジルを従えて、既に中庭から外の小道へ出て行くところだった。

どうも、あいつが魔法でタルマ達を屋敷内に閉じ込めたらしい。

「待て、くぉらあぁーーーっ」

むかっ腹が立ったタルマは、思わず怒鳴《どな》りつけてしまう。隠れ住んでると言ったのは自分なのだが、怒《いか》りでそんな配慮は消し飛んだ。

「魔法まで使って人の親切を台無しにする気っ」

渾身《こんしん》の叱声《しっせい》に対し、反応は乏《とぼ》しかった。

振り向いてペコペコ頭を下げたのはバジルのみで、レインは先頭に立ってどんどん先へ行ってしまった。

早くも、角を曲がって見えなくなってしまう。

「ど、どうします？」

坊ちゃん顔のレスターがおそるおそる尋《たず》ねた。

完璧な八つ当たりで、タルマは叱《しか》り飛ばしてやった。

「もちろん、シールドをぶち破って追いかけるに決まってるよ！　間抜け顔で『どうします？』じゃないわよっ。あんたがどうにかしなさい‼」

「は、はいぃいっ」

「すみませんっ」

レスターはおろか、呆然《ぼうぜん》と立って成り行きを眺《なが》めていた主人のヴァレンまで飛び上がった。

☆

黒髪《くろかみ》を逆立てたバジルは、悠然《ゆうぜん》と前を行くレインの後をついて歩きながら、実は微《かす》かな畏怖《いふ》の念も覚えていた。

かつてサンクワールに仕える、もう一人のレインと初めて相対《あいたい》した時、バジルは内心で激しい恐怖を感じている。あの時は、当のレインからずばりそのことを指摘されたが……似たような怯懦《きょうだ》が今再び、バジルを襲い始めていた。

そもそもこいつは、自分がどれだけ怒《いか》り狂っているかを知っているはずだ。

バジルは、少年のレインと距離を置いて歩きながら考える。

なにしろ、あのレイファンの山小屋での事件の後、目覚めたバジルは仮の本拠にしていた教会へ戻るや否や、真っ先にレインを呼び出して糾弾《きゅうだん》したからだ。

レインは大人しく聞いた後、はっきりとクレア誘拐《ゆうかい》の件を否定したし、何よりもクレア本人が完全に否定した。

レインはともかく、クレア本人にそう言われてはどうにもならず、バジルもその時は渋々《しぶしぶ》、怒《いか》りを収めた。その代わり、それから一行が旅立つまで、バジルは徹底《てってい》してレインを避けた。今度顔を見れば、自分が爆発するとわかっていたからだ。

だがもちろん、レインはちゃんと気付いていたはずだ。

バジルの心中に、今も変わらず殺意がくすぶり続けていることを。

いや、レインのことだから、殺意どころか嫉妬心《しっとしん》だって探知しているかもしれないのだ。

そう思うと、余計に怒《いか》りがたぎり出すバジルである。

しかし同時に、我が庭を行くように背筋を伸ばして先を歩くレインの背中を見ていると……忘れていたはずの恐怖心がまざまざと蘇《よみがえ》るのも確かだった。

風でも吹けば倒れそうな木造家屋が並ぶ、王都にしては貧しい印象のファンティーヌの街中《まちなか》を、レインは自然な足取りでどんどん進んでいく。

引率されるようについていくバジルは、気が気ではなかった。

こいつは一体、どこへ向かっているのだろうか？　レインにとってもこの街は初めてのはずなのだし、万一城から派遣された警備隊にでも見つかると、非常にまずいことになるだろう。それなのに、レインの態度にはコソコソするような様子は微塵《みじん》もない。

堂々としすぎである。

バジルの心中で、怒《いか》りよりも心配の比重が高くなってきた頃、ようやくレインは大通りから路地の方へ曲がり、とある小さな屋敷のドアを開けて入った……しかもノックもせずに開けたのだ。

バジルが顔をしかめて立ち止まると、レインはドアを開けたまま振り向き、顎《あご》をしゃくった。

「着いたぞ、この奥だ……邪魔が入らずに話す分にはいい」

こいつ、わしを逆に殺すつもりではないのか？

コトここに至ると、バジルもそう疑わざるを得ない。荒れ放題のこの屋敷は、どうも空《あ》き家に見えるが、それもバジルの疑いを深めた。

クレアに出会う遥《はる》か以前は、組織の下っ端として、皆に小突かれながら使い走りをこなしていた自分である。当時の背を丸めて生きていた頃のことが思い出され、バジルの怒《いか》りはにわかに減じた。

わしは……わしはあるいは、自分など及びもつかないような相手に喧嘩《けんか》を売ろうとしていたのではないか？

今でも鮮明に覚えていることだが、かつてバジルは、敵となったサンクワールのレインのことを調べていた時、少年時代の彼に会ったという傭兵《ようへい》に話を聞いたことがある。

そいつ自身も歴戦の戦士だったはずだが、レインのことを語る時、彼は懐《なつ》かしそうに目を細め、こう述べた。


「あの人はなぁ、俺達とは全然違う人種だと思うね」


……レイン本人より随分《ずいぶん》と年上のくせに、「あの人」扱いである。

「なに!?　それは、ヤツがどこか遠い国から来たという意味か？」

バジルは確か、そう訊《き》いたはずだ。

しかし、その傭兵《ようへい》は馬鹿にしたように鼻を鳴らすと、バジルが奢《おご》ってやった酒のグラスを、だんっとカウンターに置いた。

「ちげーよ！　誰も、あの人みたいにはなれない――そういう意味で言ったんだ」

じろっと、そいつはバジルに睨《にら》みをくれた。

バジルが言うのもなんだが、熊でもひねり殺しそうな強面《こわもて》だった。

「昔、俺はまだガキだったあの人の戦い振りを見た。当時から、知られざる天才剣士と呼ばれていた、あの人の剣技を見たんだぜ？　その時の戦い振りも凄《すご》かったが……ちょっと一緒にいただけで、俺はもう『ああ、こりゃ腕だけの問題じゃねーな』と悟った」

年季の入った傭兵《ようへい》は、ゆっくりと首を振った。

灰色の瞳《ひとみ》に、呆《あき》れたことにある種の憧《あこが》れが窺《うかが》えた。

「違うんだよ、何もかも違う……こっちとは心構えが違うし、目指すところも違う……そんなことはありえねーが、仮に俺が技量で並んだとしても、やっぱりあの人と肩を並べることはできねー」

反論など許さない気迫で、相手が言い切る。

「わかるか？　あの人はな、俺達とは根本から差があるんだって。俺はあの天才剣士を尊敬してるが、どんなに憧《あこが》れても、ああはなれないこともわかってる。多少でも本人を知る者は、みんなそう思ってるさ。だからこそ、あの人は傭兵《ようへい》の中でも別格なんだ」

その時は馬鹿らしくなって内心で笑ったバジルだが、今は笑えない。

振り向いたレインの瞳《ひとみ》を直視している今は、特に。

こいつの瞳《ひとみ》はこんなに静かなのに、見返すとどうしてこうも気圧《けお》されるのだろうか。

しかし、レインが「どうした？　話があるんだろ？」と促したお陰で、バジルは覚悟を決めた。

サンクワールにいる本物のレイン相手ならともかく、こいつは未《いま》だに子供に過ぎない。

今のわしが、何を恐れることがある？

もはや……組織に拾われたばかりの奴隷《どれい》の子ではないのだ。

肩を怒《いか》らせたバジルは、レインに続いて階段を上り、二階にあった開けた部屋に着いた。

どういう事情があるのかわからないが、そこは家具がほとんど盗まれた後らしく、椅子《いす》が二つほど転がっているだけで、後は埃《ほこり》に塗《まみ》れている。

カーテンだけはまだ窓にかかっていたが、それもビリビリに破けていた。

レインは転がった木椅子《きいす》の一つを起こすと、そこへ座り、バジルに頷《うなず》いて見せた。

「ここなら邪魔も入らない。話を聞こうじゃないか」

「は、話だと!?」

バジルは自分は座らず、逆にレインから少し離れ、間合いを置いた。奇襲を警戒したからだ。

「おまえとわしの間に、話すことなどないっ。おまえも、とうにわしの怒《いか》りに気付いているはずだぞ!」

指を突きつけて糾弾《きゅうだん》する内に、バジルの抑圧された怒《いか》りが、また膨《ふく》らんできた。

体臭がキツくなり、体毛が一斉に伸び始める。変化しかけていたが、今回ばかりは自分でも特に抑制する気はなかった——が。

「……あんたは勘違《かんちが》いしてるよ」

嘘のように平静な声で言われ、バジルの変化は停止した。

「な、なに？」

「聞こえたはずだ。クレアは俺を気に入ってはいるかもしれない……だけど、特別な感情などないと思う。元より俺は、他人に愛されるような男じゃないからだ」

どういう思い込みなのか、やたらと確信ありげに言われ、バジルは太い眉《まゆ》を寄せる。相手が本気で述べたように思えたからだ。

「お、おまえはどうなんだ？」

あまりと言えばあまりなレインの落ち着き振りに威圧《いあつ》感を覚え、どもってしまった。

「俺？　別にクレアは嫌いじゃないが、俺にはもう心に決めた人がいる」

レインは即答した。

座したまま透《す》き通った瞳《ひとみ》でバジルを見上げ、息を吐《は》く。セリフの割に、随分《ずいぶん》と苦しそうな表情だった。

「事情が事情だから、あんたには話しておこう……少し前まで、俺には愛する人がいたんだ。名を、フィーネという。優しくて綺麗《きれい》な人だった……俺には過ぎた人だった。俺はその人に向かい、『僕の生ある限り、フィーネを愛するよ』と誓《ちか》った。彼女も、泣きながら俺を受け入れてくれたよ」

レインは右手を胸に当て、バジルをじっと見つめた。

深い湖のような瞳《ひとみ》が哀しみに満ちていた。

「だけど、あの優しいフィーネは、もういない。俺のせいで殺されてしまったけれど、あの時の誓《ちか》いだけは、今も俺の心の中にある。仮にそばにいなくても、心変わりなどあり得ない。……だから、あんたの心配は杞憂《きゆう》なんだよ」

「ひ、人は変わるものだ」

「少なくとも、俺は変わらない」

レインはゆっくりと首を振った。

「あんたの言う通り、俺も以前は恐れていた。こんなに好きなのに、その気持ちもいつかは薄れていくんじゃないかと。彼女のことを忘れ、自分が彼女を見殺しにしたのも忘れ、何事もなかったように日々を送る日が来るんじゃないかとな。だが、それはないとわかった。今のヤツに遭遇《そうぐう》し、その心配は危惧《きぐ》だと悟ったんだ。少なくとも俺の誓《ちか》いは守られている」

「い、今のヤツというと、サンクワールに仕える、あのレインか？」

呆然《ぼうぜん》とバジルが見返すと、レインは小さく頷《うなず》いた。

「そう、あいつだ。あいつとやり合ったのは、あんたも聞いてるだろう？　俺の罵声《ばせい》に、あいつが笑みを引っ込めた時、その顔を見て、ようやく俺にもわかった。ああ、十年経とうが、何も変化してないんだなと。相変わらず俺は、彼女を忘れてないと……その時にわかった。おかしな話だけど、ほっとしたよ」

寂《さび》しそうに微笑《びしょう》し、レインは続ける。

「それでいい、俺はそれでいいんだ、バジル。フィーネは俺の気持ちに応《こた》えてくれたし、俺もその気持ちを裏切らない。たとえ、もう彼女がこの世にいなくても、俺の誓《ちか》いは消えない」

「だから、おまえは黒衣のままなのか……永遠に喪《も》に服し続けるために」

「そうだが、これは自分のための喪服《もふく》でもある。フィーネが眼前で死んだあの瞬間、俺の心も死んだんだ、バジル。だからこそ、俺は表面的にしか笑えないし、恐怖も感じない。死が目前に迫ろうと、まるで動じないだろう……人並みの感情が持てなくなっているんだ」


レインの告白を聞いて、バジルの心が動かなかったと言えば、嘘になる。

しかし、それ以上にクレアを奪われたと思う気持ちの方が強かった。有り体《てい》に言えば、それだけ巨大な嫉妬心《しっとしん》を抱いていたと言える。

「ならば……ならば、わしも、変身してお前の肉体を引き裂くことまではすまい。しかし、おまえへの憎《にく》しみが消えたわけではないっ」

バジルはそう叫《さけ》ぶと、数歩下がって長剣を抜いた。

体格にあった長大な業物《わざもの》だが、見つめるレインは特に動じた様子もなかった。

「最初、俺はあんたを誤解していた。あんたがあの山小屋まで追いかけて来た直後くらいまでは。

しかしその後数日ほどあんたを見てて、あんたは本当の意味で粗暴な男ではないとわかったつもりなんだ」

「……何が言いたいのだ、おまえはっ」

「こんなことは無駄だと言ってるんだ、バジル。あんたには俺を殺せない」

「――！　そこまでわしを」


「侮《あなど》って言うのではないっ」


レインの叱声《しっせい》に、激しかけたバジルは思わず口を噤《つぐ》む。

どうもこいつには調子を狂わされっぱなしだった。

「あんたは粗暴な割に弱気な男だと思ったのも、俺の勘違《かんちが》いだ。しばらく見ていてわかった。弱気じゃなくて、あんたは優しすぎる男なんだ。確信を持って言うが、誰かと戦う時に高揚感《こうようかん》を覚えたことなどあるまい？　時には人を殺すこともあるんだろうが、それは常にやむを得ない時だけだし、いつだってあんたは嫌々やってたはずだ」

弱虫とか弱気だとかはよくタルマに言われるが、バジルの人生において『優しい』などと言われた経験は皆無《かいむ》である。

唖然《あぜん》として見返すバジルを無視して、レインはなおも言う。

「俺は優しいヤツにはほど遠いが、少なくとも理由もなく人を殺したことはない。そして、今の俺にあんたを殺す理由なんかないんだ」

「おまえになくても、わしにはあるっ。この問答自体が無意味だっ」

気圧《けお》されまいとバジルは大きく長剣を振りかぶり、汗まみれの顔で静かに座るレインを睨《にら》む。

「抜け、レインっ。さもなくば、このまま首を刎《は》ねるまで！」

「それはクレアのためになるのか？　彼女が本当に喜ぶことか？　おまえは一時《いっとき》の怒《いか》りと嫉妬《しっと》に、我を忘れているだけだ。言ったはずだぞ、あんたが俺を斬ることはない。俺がみえみえの挑発《ちょうはつ》に応じない限りは、な。もちろん、俺は応じないが」

背筋を伸ばして座すレインは、バジルと違って汗一つかいていない。

少なくとも、こいつが相応の覚悟で言ってるらしいのは、確かだった。

「では、無抵抗で死ぬがいいっ」

しゃがれ声でバジルが唸《うな》ると、レインはとうとう魔剣に手をかけた。

ある意味、バジルはほっとしたほどだが……あいにく、レインは魔剣を鞘《さや》ごとベルトから外し、足下に置いてしまった。

「よく考えたら、今は無用だしな」

「くだらぬ真似《まね》をっ。わからないのか、おまえは死地《しち》にいるのだぞ！　わしに、無抵抗な相手を殺させるなっ」

「あんたこそ、何度も言わせるな。俺にはあんたを斬る理由がないし、自分で言うように、あんたも無抵抗な男を斬るヤツじゃない」

不思議なほど穏《おだ》やかな表情だったし、奇妙な自信に溢《あふ》れていた。

「それこそ、ガキの甘い見通しだ！」

「俺は自分の確信に自信があるが、それが誤りだとすれば、そんな甘い性根のヤツが今後も戦いに彩られた人生を送れるとは思えないな」

他人事のように、丸腰になったレインは肩をすくめる。

「今を生き長らえても、どうせすぐにくだらない死に方をするに決まってる。だから——」

殺気とは無縁《むえん》な瞳《ひとみ》でバジルを見た。

「……だから、ここであんたに殺されても同じことだと思う。勘違《かんちが》いしたガキが、一人死ぬだけのこと。ほら、本気なら今が絶好のチャンスだぞ。俺は一切抵抗しない」

「め、冥界《めいかい》で後悔するがいいっ」

そうだ、貴様は誤っているっ、とバジルは奥歯を噛《か》む。

わしがどれだけクレア様を大事に思い、後から現れた貴様に憎悪《ぞうお》を燃やしているか……それが少しもわかっていないっ。

そんなこともわからぬからこそ、まだまだこいつはガキなのだっ。

……そう思い定め、思い切って長剣を振り抜こうとするが……なぜか手にした長剣が千キロもの重さを得たように、腕が震えた。

すぐ眼下にある白い首筋に叩《たた》き付ければ終わりなのに、どうしてもそれができない。

見つめるレインの黒い瞳《ひとみ》に、ガタガタ震える自分の巨体が映っていた。なのに……レイン本人は平然と座したままなのだ。

あの名も知らない傭兵《ようへい》が言うように、やはりこいつは希有《けう》な男かもしれない。そこはバジルも認める他はなかった。

しばらくバジルを眺《なが》めた後、レインはこの廃屋《はいおく》に入った頃より、よほど優しい声で呟《つぶや》いた。


「見られているとやりにくいか？　なら、目を閉じよう」


言下《げんか》に、本当に目を瞑《つむ》ってしまった。

それきり、ふっつりと黙り込み、彫像《ちょうぞう》のように動かない。

本人が言う通り、どれだけ甘ちゃんなのかと思うが……不思議なことに、バジルはこれだけお膳《ぜん》立《だ》てしてもらっても、やはり長剣を振り切ることができなかった。

いや、それどころか首を刎《は》ねようと己を叱咤《しった》すればするほど、どうあっても斬りたくなくなってきた。

そもそも……バジルの本性を知り、それでいてなお弱虫扱いしなかったヤツが、これまでどれだけいただろうか。

皆、嘲《あざけ》るか恐れるかの二つに一つだったと言ってよい。

クレアだけはどちらでもなかったが、しかしバジルにとってのあの方は主人でしかなく、向こうもちろん、仲間か配下としか見てはいないだろう。

しかし、まだ会って間もないレインは、バジルを優しい男だと評してくれたのである。

顎《あご》先から床に汗を滴《したた》らせつつ、バジルはとうとう息を吐《は》いた。

確かに……こいつは他のヤツとは違う、全然違う……そして、わしは丸一日ここに立っていようと、最後までレインを斬ることはできないだろう。

なぜなら、この少年はこの世界で唯一、自分を理解してくれた相手だからだ。

気付けば、バジルは長剣を鞘《さや》に戻し、ふらふらと部屋を出ようとしていた。

レインが立ち上がろうとする気配がしたので、断固として言い渡した。

「……わしは組織を抜ける。斬れないなら、もうあそこにはいられない」

「なぜだっ。俺は――」

「黙れ、レイン」

バジルは振り返られないまま、声を励《はげ》ます。

「少しでも情けがあるなら、わしのことは追うな」

「……あんたがそう言うなら。だが、いつでも戻ってこられるようにしておく」

「いや、もう戻ることはない……ないと思う」

バジルはそのままドアを開け、廊下《ろうか》に出た。

そのまま、後ろ手にそっとドアを閉じる。

「クレア様のことは頼んだぞ」

囁《ささや》き声だったが、多分、あいつには届いたはずだ。


廃屋《はいおく》を出て、元の大通りへ戻った時、バジルはいつしか頬《ほお》を涙で濡《ぬ》らしていた。

我ながら女々《めめ》しいことだとは思ったが、どうしても止められないのである。

見るからに強面《こわもて》の大男が泣きながらずんずん歩くせいか、見つけた通行人達が慌《あわ》てて飛び退《の》く始末だった。

……そんな風に気が散っていたからだろう。

いつしか彼を黒いローブの男が尾行し始めていたのだが、バジルは全く気付いてなかった。

☆

大騒ぎしてシールドの解除はなったものの、結局は探すまでもなく、レインはしばらくして戻って来た。

当然ながら、タルマはレインを引きずるようにして、居間として使っている大部屋まで連れて行った。やはり気になるのか、恰幅《かっぷく》のよいレスターが後に続き……なんと、戻ったばかりである、宗主のクレアまでもが後から部屋に入って来た。

怒《いか》り狂ったバジルを引き連れ、レインが屋敷を出て行った話は、戻ったクレアにもすぐに伝わっている。お陰で、さすがに心配になったらしい。

なぜか帰りはバジルを連れず、レインが一人で戻って来たので、なおさらだろう。

部屋のドアを閉め、鍵までかけた後、タルマはレインの正面に座る。クレアとレスターはそれぞれタルマの左右に座り、そう大きくもない丸テーブルで、皆が不景気な顔を見合わせることになった。

「なんの審問だよ、これは」

実際、憮然《ぶぜん》としたレインがそう述べた。

「いえ、審問のつもりではなく、ただ心配で――」

などと言いかけたクレアを遮《さえぎ》り、タルマはテーブルを軽く叩《たた》く。

「レインを甘やかさないっ。もちろん、これは審問よ。バジルはどうしたのさ、レイン？」

ぎらっと睨《にら》んでやると、レインは生意気な仕草で肩をすくめた。

「出て行った……もうここにはいられないそうだ」

「えーーーっ」

真っ先に、仲が良かったレスターが叫《さけ》び、クレアが口元に手をやり、タルマは思いっきり顔をしかめた。

「なんでぇ？　理由は聞いてるんでしょうね」

「いいや、聞いてない」

堂々と吐《ぬ》かすレイン小僧《こぞう》である。

「何か心境の変化があったのだろう。しばらく組織から離れたいようだ」

……ただ、こいつにしてはどこか後悔するような口ぶりであり、なんらかの事情があるのは間違いないらしい。

そもそも、バジルがクレアにほのかな思いを寄せていたことは、近しい者にはほぼバレていたわけで、しかもあの大男が新参のレインを恋仇《こいがたき》のように見ていたことも、少なくともタルマとレスターには明らかだったはずだ。

そこで当然ながら、タルマはレインをしんねりと見やり、ずばり尋《たず》ねた。

「あんた、あいつを叩《たた》きのめしちゃったんじゃないの？　でもって、悄然《しょうぜん》としたバジルが、泣きながら出て行っちゃったとか」

レインは眉《まゆ》をひそめたが、はっきりと首を振った。

「言ったはずだぞ、あいつと戦いになどならないと。事実、俺は街の片隅であいつと話しただけで、剣も抜いてない」

全員、顔を見合わせたが……タルマが見るところ、この返事に関しては、レインを疑う者はいなかったように思う。

例えば、争いに及んでバジルを叩《たた》きのめし、最後に命を奪ったのだとすれば、レインは必ずそう述べただろう。余計な言い訳などするまい。

それは、レインに厳しいタルマでさえ、認める他はなかった。

こいつはその手の嘘はつかないヤツだと思う。ある意味、不器用過ぎるほど不器用なので。

ただし、タルマが「でも、事情は深そうだわね？」とぼそっと告げると、レインはあからさまに渋面《じゅうめん》でそっぽを向いた。

やはり、なにか複雑な事情があるようだ。どうせ恋愛絡みだろうが。

「まあでも……出て行ったものはしょうがないか」

考えた末にタルマが言うと、クレアとレスターがさっとこちらを見た。

「姉さん、そんな簡単に！」

「いやっ、ちょっと探す努力くらいはしましょうよっ」

憤慨《ふんがい》したような二人のうち、タルマはレスターをじっくり眺《なが》めた。

「あんただって、なんでバジルが怒《いか》り狂ってたかは知ってるでしょう。本人がここにいたくないって言うなら、あいつにとってもその方がいいと思わない？」

「う……そう言われると……まあ……そうですけど」

ただでさえふくよかな頬《ほお》を膨《ふく》らませ、不承不承《ふしょうぶしょう》、インチキ神官服のレスターは頷《うなず》く。

「でもほら、やっぱり友達としては、探して一言くらいは言いたいかなぁみたいな——」

「じゃあ、ボヤいてないでそうしなよ」

タルマはあっさりと前言を翻《ひるがえ》した。

「本人の口から聞くのが一番だろうしね。ほら、今ならまだ追いつくかもよ」

言われて、レスターは背中を押されたように立ち上がった。

すかさずレインが「メインストリートを東の外れの方へ行ったと思う」と述べたので、「ひ、人を集めて探して来るよっ」と返し、ドタドタと部屋を出て行く。

そのまま廊下《ろうか》を走っていく騒騒《そうぞう》しい音が、少しずつ遠ざかっていった。

「やれやれ……ホントに追いついて、また一騒動起きないといいけど」

他人事のようにタルマが呟《つぶや》くと、クレアが不審そうな表情で訊《き》いた。

「あの、なぜか私以外はみんなバジルさんが消えた事情を知ってる雰囲気《ふんいき》に思えるのですけど、どういうことですか」

「あんたが気にすることじゃない」

レインがいつになく素早《すばや》く言う。

「これはあくまでも本人の問題なんだ。とにかく、しばらく組織を離れたいそうだから、休暇《きゅうか》をやったと思えばいいんじゃないか？」

「休暇《きゅうか》……ですか」

考え込むようなクレアを、タルマは横目で呆《あき》れて見やる。

いつもながら、この子もたいがい鈍《にぶ》いし！　と思うものの、レイン同様、ずばっと教えてやろうとは思わなかった。聞いたところで、クレアとてどうしようもないだろうから。だいたい、クレアはバジルが出て行ったと聞いて心配しつつも、ショックまでは受けていない。

あくまで仲間を思うが故《ゆえ》であり、それ以上のものではないのだ。

だとすれば、真相を教えて何になるのか。

それに、レインが言わないくらいだから、バジル本人もクレアに教えてほしくないのだろう……きっと。

タルマはそう判断し、余計なことは一切言わないことにした。

結論として、バジルの出奔《しゅっぽん》は確定的となった。

夜遅くに戻って来たレスターとその配下達が、「手分けして王都中を探したけど、見つからなかった」と肩を落としたからだ。

おそらくバジルも、レスターなどが追ってくるのは予想していて、とっとと王都を脱出したのだろうと思われる。

この報告を聞き、クレアは屋敷で待機中のメンバーを集め「バジルさんはしばらく組織を離れたいそうです」と宣言し、この件は一応の終結を見た。

ただし、最後にバジルと会ったレインはもちろん、親しかったレスターも完全に納得はしてないようなので、組織としても、活動の合間に彼の行方《ゆくえ》を探すことになるだろう。

ただ、なんとなくタルマ自身は、もうバジルとは二度と会わないような気がしている。

あいにく、後になってからそれが甘い見通しだったと知れるのだが……少なくとも今は、(タルマ的には)他にもっと大事なことが控《ひか》えていたのも事実だ。

というのも、主城攻略の無謀な計画が、いきなり動き始めたのである。

騒ぎからさらに三日を経て、レインはまた同じメンバーを居間に集め、ぼそっと言った。


「そろそろ、マイエンブルク城を落とそうと思う」


攻城戦の話というよりは、「そろそろ猫を飼おうかと思う」みたいな清々《すがすが》しいまでに緊張感のない口調に、呼ばれたタルマ達は呆《あき》れた。

クレアでさえ、まじまじと目を見開いたほどだ。

それらの一切を超然と無視して、レインは一人で腕組みなどした。

「ただし、調べるうちに気になるところが出てきた。バルダー王とマイエンブルク城については、ひどく不自然な部分がある」

「あたしに言わせりゃ、あんたの計画自体が思いっきり不自然に思えるわね！」

タルマはすかさず口を挟《はさ》んだ。

「しかも、まだ一言も計画の内容を聞いてないし」

レインはさらりとタルマを無視した。

「調べる限り、バルダー王の即位から三年の間に、二度ほど有力騎士達の反乱が起こってる。計画は外から見る限りかなり成功率が高そうに思えたのに、なぜか二度とも首謀者は死んでいる」

レインは渋面《じゅうめん》のタルマを含め、三人をぐるりと見渡した。

「特に去年起こった反乱騒ぎでは、バルダーが信頼する騎士隊長が、主君が一人になる絶好のチャンスを見計らって斬りかかったらしい。しかし結果的に彼は返り討ちに遭《あ》い、首を刎《は》ねられた」

「バルダー王って、威張《いば》り散らしてる癖《くせ》に弱っちいヤツだと聞いたけどなぁ」

レスターが首を傾《かし》げると、クレアも不審そうに問うた。

「王は、巷間《こうかん》の噂《うわさ》より腕が立つということですか？」

レインはきっぱりと首を振った。

「いや、どうも街中《まちなか》で囁《ささや》かれる噂《うわさ》の方が正しいらしい。二年前、珍《めずら》しくバルダーが城外に出て、王都ファンティーヌを視察したことがある。その時、機会を窺《うかが》っていた住民達が決起して、十名ばかりで王の行列を襲ったんだ。当時の彼は、剣を抜く以前に、腰を抜かして這《は》って逃げたようだ」

「……めちゃくちゃ暗殺しやすそうだよね」

レスターが呆《あき》れて笑った。

「じーさんが生きてたら、その時点で一発で片を付けたかもなぁ」

亡くなった老魔法使いを思い出したのか、どこか寂《さび》しそうに言う。

「ところが、その時に襲撃《しゅうげき》した十名は、全員その場で息絶えている」

レインは、いきなり冷水を浴びせるようなことを言ってくれた。

「しかも、どうやって彼らが倒されたのか、はっきり見ていた者が誰一人として見つからない。当時の目撃者も探し当てたが、そいつの話だと『襲撃者《しゅうげきしゃ》は全員、図ったように同時に倒れた』と言ってたな」

静まり返ったテーブル上をまた見渡し、レインは低い声で続けた。

「考えてみれば、心ある臣下の騎士達が軒《のき》並み離散し、現在はご機嫌取りだけが能の取り巻きしか、ヤツの周囲には残っていない。城に籠《こ》もりきりとはいえ、ある意味で隙《すき》だらけなのに、どういうわけか誰もヤツを打倒できないようだ。ヤツには、明らかに謎がある」

寒気《さむけ》がするような内容の割に、レインは特に気負う様子もない。

「外から調べただけでは、バルダーの不可解な部分を解明するのは困難なようだ。問題の謎を知る

ために は、結局は計画を実行し、ヤツと向き合うしかあるまい」

——故《ゆえ》に、俺は攻略作戦を決行することにした。

などと、このレイン小僧《こぞう》は悪びれずに吐《ぬ》かすのである。

「あ、あんたね……」

落ち着いた態度で、途方もなく大馬鹿な発言をするレインに、タルマは思わず頭を抱えた。

こいつに組織の命運を賭《か》けようというのだから、クレアはよい根性をしていると思う。

可能ならレインの噂《うわさ》も聞こえないほど遠くへ逃げたいくらいだが、あいにくタルマの立場としてはそうもいかないのだった。

第二章　空を飛ぶ

不安に思うのは何もタルマだけではないらしく、クレアは居間での臨時会議が終わった後、自分の私室にレインを招いた。

事情を聞くためだろうと察したタルマも、珍《めずら》しく自分の意思で同席した。

屋敷の主人ヴァレンから「こちらを宗主様のお部屋に」と言われた、三階奥の部屋である。それでも、屋敷の規模に相応《ふさわ》しく、ちょうど三名分の椅子《いす》しかテーブルにはなかった。

レスターもついてきたそうに見えたが、途中で遠慮《えんりょ》したほどだ。

「それで」

相変わらず押し黙ったレインに顔を向け、クレアは早速、切り出した。

「先程の会議では、私達がどう動くべきかは聞きましたが、しかし貴方《あなた》がどうやって警戒厳しいマイエンブルク城内に侵入し、しかもさらに直属の警備兵まで大勢詰める王宮へ忍び込むのか、その辺りのことは全く聞いていません。……そろそろお聞かせ願えますか？」

そうだ、さっさと吐《は》け！　とタルマはすかさず妹に加勢する。

レインはしばらく渋面《じゅうめん》で考えていたが、やがてぽつんと述べた。

「言わなきゃ駄目か？」

「さすがに……困りますね」

クレアが困惑したように返す。

「私は一度、あの城の間近まで偵察《ていさつ》に行きました。その時に気付いたのですが、あそこはサンクワールのガルフォート城と同じく、侵入禁止のための防御措置《そち》がしてあるようです」

「本当に⁉」

いささか驚いて、タルマはさっと妹を見た。

お陰で、片方によせた髪《かみ》の房が、勢いよく弾んだほどだ。

「ガルフォートはあいつがいるからわかるけど、マイエンブルク城に結界なんか張れるヤツがいるわけ？　だってあそこ、王宮魔法使いすら置いてないって聞くけど」

「私も御用商人のヴァレンさんから、魔法使いは皆無《かいむ》との報告を受けていますが、現実に城壁のそばで微《かす》かな魔力を感じました。……当初、城壁の向こうへ侵入するくらいなら、私の力で何とかなるかと思いましたが、どうやらそれも難しいようです」

「侵入できないってこと⁉」

タルマの危惧《きぐ》に、クレアは首を振った。

「正確に言えば、魔法などの力を使わずに城門から入る分には、入れるでしょうね。あそこを行き交う商人は問題なさそうですから、さすがにそこまで結界は及んでいないはずです」

「それじゃ、よそ者のあたし達は止められるじゃん！」

「でも、城へ入りたいなら、正規の手段を使う他ありますまい」

焦点《しょうてん》を結ばない瞳《ひとみ》をタルマに向け、クレアはゆっくりと首を振って見せる。

「貴方《あなた》の言う通りです、レインさん。あの城には、確かに謎がありますね」

自然と、姉妹揃ってレインを見た。


「どうするおつもりですか」

「どうすんのよ、あんた」


「……二人一緒に言うな」

レインはむっつりと答えたが、諦《あきら》めたのかようやく重い口を開いた。

「いいか、マイエンブルク城の王宮は六階建てだが、屋根は緩《ゆる》い傾斜で面積が広く、当たり前だが、特に警備兵もいない。しかも、運のいいことに、城の間近には大昔からある時計塔が建ってて、王宮を見下ろしている」

もそもそとズボンのポケットから紙切れを出し、レインが続ける。

「位置関係が絶妙で、これ以上ないほどいい」

ここが城で、ここが問題の時計塔——と説明してくれたのはいいが、恐ろしく判別しにくい図面だった。

「あんた、歌わせると泣けるくらいひどいけど、絵の才能も皆無《かいむ》ね。これが時計塔？　あたしは曲がったステッキかと思ったわよ」

今度ばかりはクレアも素直な物言いをした。

「王宮の方は、床に落ちたケーキに見えますねぇ……うふふ……貴方《あなた》も人の子でしたか」

口元に片手をやり、珍《めずら》しく声を上げて笑った。

「これでも丁寧《ていねい》に描いたつもりだぞ」

たちまちへそを曲げそうになったレインに、タルマは慌《あわ》てて口を挟《はさ》む。

ここでまた口を閉ざされてはたまらない。

「ああ、いいから！　説明と併用でなんとかわかるわよ。位置関係はわかったけど、時計塔にも確か時計守《とけいもり》がいるし、しかもそこから王宮までは直線距離でも三百メートルはあるわよ。ロープを渡す気なら、さすがに遠すぎるわ」

「ロープなんか渡さない。時計塔から飛んで行くんだ」

クレアとタルマは、そっと顔を見合わせた。

「あんた、さっきのクレアの話、聞いてた？　ここには結界らしき何かがあるわけで、魔法で飛んで行くなら」

「魔法を使う必要はない」

レインはいきなり遮《さえぎ》った。

「時計塔の上から、道具を使って空を飛ぶ。短い距離だし、何とかなる」

手でついっと、宙《ちゅう》を滑空《かっくう》する素振《そぶ》りを見せた。

またしても姉妹揃って黙り込んだ後、呆《あき》れたタルマに代わり、クレアがおそるおそるといった表情で尋《たず》ねる。さすがに、もはや笑みの欠片《かけら》も残っていない。

「念のために確認していいでしょうか？　貴方《あなた》はつまり、こう言いたいのですね。魔法やエクシードによる力ではなく、何らかの人の手による道具を使って空を飛ぶと」

「エクシードも使うかもしれないな、方向修正に」

レインは大真面目《おおまじめ》に答えた。

「まださほど飛んでないから、風向きに恵まれても、上手く予定した位置に着けないかもしれない。その時は俺の持つエクシードが、最後の舵取《かじと》りに役に立つだろう。全力を振り絞《しぼ》れば、結界内でもそれくらいは可能のはずだ」

「ちょいお待ち！」

タルマは目を細めて、しれっと言うレインを眺《なが》めた。

「さほど飛んでない？　あんた、一度でも成功してるの？」

「ここへ来る途中、何度も出かけたはずだぞ。あれは事前に試すためだ。結局、試すより木材で道具を造る方が難しかったがな。そっちは大工に頼んで制作してもらった。分割式にして『こういう形のものを頼む』と要請《ようせい》すれば、道具の断片を造ること自体はそう難しくない……専門の大工なら」

また沈黙が満ちたが、ふいにクレアがテーブルを離れ、羽ペンを持って戻ってきた。レインに手渡し、こいつが描いた下手な図面を裏返しにする。

「その道具とやらを全て合わせるとどうなりますか？　完成した形を描いてみせてください」

「いいだろう……木材の断片を組み立てると、こうなる」

レインはその場で、子供が描くような下手くそな図を描いて見せた。

最初は新種の鳥かと思ったものの、それにしては胴体《どうたい》に当たる部分がない。全体的に見れば、鳥の翼だけをデフォルメして、異様に大きく描いたように見える。

「なにこれ？　まさかこれを飛ばすわけじゃないでしょうね？」

「実際にそうだ。この下に俺が入って身体を固定し、飛ぶ。翼の骨組みの部分には、防風効果のある特殊な材料を当ててある……本当はもっといい素材が欲しいが、ここでは大金を払ってもそれしか手に入らない」

「これで、ちゃんと飛べたのですか？」

「飛べるが、長距離は無理だ。これだと、時計塔から王宮まででギリギリだろうな。多分俺は、以前も造ったことがあるような気がする。だから造れたし、構造には自信があるんだが、あいにくここじゃ、長距離の飛行に耐えるような素材が見つからない」

「以前にも造った⁉」

いよいよ疑わしくなり、タルマは思わずレインを睨《にら》んだ。

「あんた、自分が何を言ってるか、わかってる？　このミュールゲニア世界全体で見ても、道具を利用して空を飛んだヤツなんて、一人もいないよっ」

その時レインは、やけに落ち着いた声でこう述べた。


「人は空を飛べるんだ、タルマ」


言葉もなく見返すタルマ達を交互に見やり、付け加える。

「この世界でまだ飛んだ者がいなかったのは、『人が空を飛べるはずがない』とみんながそう信じ込んでるからだ。鳥が飛べるのに、どうして人が飛べないと思う？」

「知らないわよ！」

タルマは思わず言い返していた。

完全に投げたタルマの代わりに、クレアが尋《たず》ねた……ただし、ひどく心配そうに。

「それで、いつ決行するおつもりです」

「時計塔から王宮は、方向的には北だ。だから、南風が吹いた晩だな」

困惑気味の姉妹とは違い、レインは静かに述べた。

☆

レインが中心となってマイエンブルク城を落とすという話は、いつの間にか屋敷に常駐する組織のメンバー全員が知ることとなった。

本当は、実際に参加する実行メンバー『だけ』に教えるはずだったのだが、タルマがうっかり主人のヴァレンに、「(レインが)マイエンブルク城を落とし、バルダー王を倒すんだってさ」と告げたため、数日後には皆が知るところとなってしまったのだ。

それ以前から組織内でも知る人ぞ知る事実だったが、これでこの屋敷に出入りする王都ファンティーヌの組織メンバーにも、レインがやろうとしていることが伝わってしまった。

さすがに『道具を使って空を飛んで侵入する』という部分はまだ知る者が少ないが、無謀とも言える挑戦が広まったお陰で、レインは名実ともに組織の重要メンバーとして印象付けられたと言ってよい。レイン本人がいかに「俺はただのクレアの護衛だ」と何度も言おうが、それを額面通りに信じる者は、もはや屋敷内にはいない。

ところで、この屋敷は古い建物ではあるが、王都ファンティーヌ在住のいわば『地元のメンバー』

が、入れ替わり立ち替わり訪れている。

別に遊びに来ているわけではなく、彼らは御用商人であるヴァレンの下働きでもあるため、表向きの本業でヴァレンの指示を仰《あお》ぐ必要があるのだった。

レインの驚愕《きょうがく》の発言があった数日後、まだ十四〜十五歳くらいの少年が、珍《めずら》しく屋敷の大部屋にいたレインを見つけ、話しかけていた。王都の住人の多数を占める、栗色《くりいろ》の髪《かみ》に同じ色の瞳《ひとみ》という子で、十五歳が成人というのがほとんどの国の建前とはいえ、まだまだ全然子供に見えた。

おそらく親に諭されて、そのまま組織に加わったクチだろう。

レインに用事があって大部屋を訪れたタルマは、テーブルに着いた少年とレインが話しているのを見て、目を見開いた。

「あんたでも、雑談なんかすることがあるんだ？」

「……なにか用事か？」

実にめんどくさそうに言われてタルマはむっとしたが、レインの隣に座る少年が懸命な目つきでレインを見ているのに気付き、文句は控《ひか》えた。

「急がないし、あたしは後でいいわよ。その子の話を聞いてあげれば」

「いえ、ちょうど終わりました。ありがとうございます、タルマ様」

名も知らぬ少年は、晴れやかな顔で立ち上がり、一礼した。

その後、レインにはさらに深々と頭を下げ、明るい顔で部屋を出て行く。

「失礼しました！」

「うん」

ドアが閉まった後、タルマはドアとレインの顔を見比べ、どさっと同じテーブルに着く。

「なにか相談事でもあったの、あの子？」

「そんなものだ」

「なによ、教えてよ。別に他人には話さないからさ。気になるじゃない」

「俺も特に口止めはされてない。言う必要もないと思っただけだ」

余計な説明を加え、ようやくレインは教えてくれた。

「幼年学校で、いじめにあってるらしい」

「……このバルザルグって、教育の義務なんかあったっけ？」

「ない。同じく組織にいる母親が、無理して金を出して、通わせてるそうだ。家計が苦しいから申し訳ないし、学校でもいじめられて楽しくないから、将来は職人になりたいと言ってたな」

タルマの顔を見て、レインは付け加えた。

「もちろん、今やってる情報収集の活動は並行してやるらしい」

「いや、そんなことを問題にしてるんじゃなくて、よくあんたにそんなこと相談するね？」

怒るかと思ったが、レインは素直に頷《うなず》いた。

「俺もそう思う。俺くらい人生をはみ出したヤツはいないからな」

「自慢にならないわよ！　で、なんと答えたの、さっきの可愛《かわい》い子に」

「別に……やめるべきだと思うのなら、母親に素直に打ち明け、やめるといいと言った」

「いじめの件は？」

「勝てないと思うのなら、逃げればいい——というより、逃げるべきだと言い聞かせた」

しんと静まりかえった目つきで、「何を当たり前のことを？」と言わんばかりの顔で、レインが見返す。

しかし正直、タルマは驚愕《きょうがく》していた。

よりにもよってこいつが、そんな返事をするとは。

「あんたは、相手が倒れるまで戦えとか言うと思ったわ」

「おまえ、俺のことを何か誤解してないか？」

レインは眉《まゆ》をひそめて言う。

「確かに俺は逃げない。だからって、同じことを人に勧めるわけないだろ。普通は、勝てないと思うなら逃げるべきだし、無理に喧嘩《けんか》を売っても不幸になるだけだ。あの子の場合はいじめも絡んでるらしいが、自分が我慢《がまん》すれば何もかも丸く収まると考えるのは、特に間違いだと思う。あの子は真面目《まじめ》で優しい性格だし、相手は粗暴で厚かましいただの馬鹿だ。相手にするのが間違ってる。もしも学校をやめられないなら、親に相談して他の学校へ移るべきだろう」

「厚かましい？　いじめの相手に会ったわけ？」

「わざわざ会わずとも、それくらいわかる。人の腕力なんか、普通はたかが知れてるんだ。鉄棒一つ、曲げられるわけじゃない。なのに、その程度の小さな力や、仲間の援護に意を強くして誰かをいじめようなんてヤツは、性格が悪くて厚かましいに決まってる。優しい人間なら、まず先に相手を傷付けることをためらう。そういうことを考えず、むしろ楽しんでるんだからな。弁解の余地はないはずだ」

「まあねぇ……よいお話に聞こえるけどねぇ……でも、あんたが言うと、なぜか説得力がねぇ」

完璧な嫌みでタルマがしんねりと見ると、レインはむすっと言い返した。

「俺は誰かをいじめたことなどない。修練を別として、戦う時の多くは、相手がこっちを殺そうとしてる時だぞ」

「逃げればいいじゃない」

これもわざとわかってて嫌みで言ったのだが、レインは睨《にら》むようにタルマを見て言い切った。

「俺一人なら、逃げることはあり得ない。一歩も退《ひ》かず戦う」

言わずにおこうと思ったのに、タルマは続けて口を開いた。

もしかしたら、本当はレインを心配して、忠告のつもりもあったのかもしれない。

「――いつか、あんたを倒せる戦士が現れるわよ」

レインは顔色も変えなかった。

澄《す》み切った黒い瞳《ひとみ》は相変わらず何を考えているのかさっぱりだが、少なくとも強い意志が窺《うかが》えた。

「それこそが、俺の望みだ」

絶句してしまったタルマを気遣ったのか、レインはぎこちないやり方で話題を変えようとした。

「それより、俺に用があったんじゃないか」


「あ、そうだった。……あんたの言う南風？　午後から吹き始めてるわよ。妹が『もし決行にいいと思ったら、自分達も準備に入るから教えてほしい』ってさ」


レインはただ黙って頷《うなず》いた。

おそらく自分でも、南風のことはとうに気付いていたのだろう。

そしてもし決行するなら、クレア達にも準備が必要なことも。なぜなら計画の一つとして、ヴァレンの御用商人としての立場を利用し、事前にマイエンブルク城を訪問して穀物や衣類、それに果物などを納入する手はずになっているからだ。

納入する木箱の一部に組織の戦士が潜《ひそ》み、城内に侵入するのが作戦の一部なのだ。

とはいえ、都合よく今日この日に納入予定などはない。

ただし、ヴァレンは近々の作戦決行を見越して、なんのかんのと理由を作り、本来の納入予定日を遅らせている。王宮側からは「いつまで遅れるのだ!?」という詰問《きつもん》の督促《とくそく》が来ていて、そろそろヴァレンも困っていたところだった。

つまり、今回の作戦にはこの屋敷の主人であるヴァレンも、自らの運命を賭《か》けていることになる。失敗すれば、ヴァレンはたちまちクレア達の関係者と判断され、すぐに処刑されてしまうだろう。

少し考え、レインはゆっくりと告げた。

「いいだろう、今晩、決行する」

「勢いからして、大丈夫だとは思うけど、万一、夜になっていきなり風が止《や》んだらどうする？」

「偽装の商品が納入される直前に風が止《や》めば、中止する。不幸にも納入された後で風が止《や》めば、その時は俺が単身でなんとしても城内に乗り込む。一人なら、何とかなるはずだ」

「……凄《すご》く場当たり的な計画ねぇ」

「どれほど考えようと、完璧な策などあり得ない」

ここまではある意味で落ち着き払っていたレインだが、そこで急に眉《まゆ》をひそめ、こいつにしては珍《めずら》しい憂《うれ》い顔を見せた。

タルマを探るように見つめ、尋《たず》ねる。

「事前に言ってた通り、クレアは参加しないだろうな？」

「本人はあんたに止められたから、参加しないと言ってたわよ」

タルマはしげしげとレインの顔を眺《なが》め、一応はそう答えた。ただ、我慢《がまん》できなくなり、思わず言ってしまった。

「あのさ、あたしは参加するんだけど？」

「――うん」

「うんじゃないよっ。あたしへの心配は⁉」

むっとして言葉を叩《たた》き付けると、レインはけろりとして答えた。

「組織のナンバーワンが失われるより、ナンバーツーの方が被害は小さかろう」

「あたしは気にしないって言うわけなのっ」

「……冗談《じょうだん》のつもりだったんだが」

珍《めずら》しく困ったようにぼそりと言われ、タルマはむかっ腹が立った。

「冗談《じょうだん》に聞こえるもんかーーーっ！」


決行が決まった途端、ヴァレンの屋敷内はにわかに慌《あわ》ただしくなった。

主人のヴァレンはもちろん、彼の家で働く組織の人間が大勢集まり、城へ納入する商品（木箱）を荷馬車《にばしゃ》に積み込み始める。

その全部に組織のメンバーが潜《ひそ》むわけでなく、もちろん本当に人が入るのはその一部だ。王宮側の商品検査を警戒し、積んだ木箱の外側に当たる部分は本当に穀物や衣類などの納入商品を詰め込み、もっと奥の目につかない箱に、メンバーが潜《ひそ》むのだ。

屋敷の庭は狭いので、せいぜい木箱を並べるくらいしかできず、肝心《かんじん》の荷馬車《にばしゃ》は尻《しり》を庭側に向けるようにして、外の街路に停まっていた。

幸い、この屋敷は路地の一番奥なので、文句を言われる心配だけはない。

タルマは木箱の詰め込み作業を監督していたのだが、終わりかけの頃にレインがぶらりと出てきて、ざっと皆を眺《なが》めた。

「あんた、こんなところでサボっててていいわけ？」

タルマが嫌みったらしく訊《き》くと、レインは別に怒るでもなく答えた。

「俺の方の作業は、向こうについてからが本番だからな」

「きょろきょろしなくても、あの子ならいないよ」

どうせクレアが勝手に参加しないか見に来たのだろうと思い、タルマは言ってやった。

「知ってる。今、部屋で少し話したところだから。俺はむしろ、みんなに『あまり無理するな』と言いに来たつもりだ」

それを聞いて、タルマのそばにいたレスターが苦笑した。

「まあ、一人で空から城へ突っ込むレインに比べりゃ、僕らの任務はまだマシだよ」

「……それは、決行してみないとわからないさ。とにかく、予定時刻になっても危ないと思ったら、後は俺に任せてくれ」

「ははは。なるべくそっちの足は引っ張らないようにするさ。気をつけろよ、レイン」

「レスターも」

レスターに小さく頷《うなず》き、最後にタルマに「無理するな」と声をかけると、レインはそのまま外に出て行ってしまった。バラバラに作っていた空を飛ぶ道具とやらは、外に倉庫を借りて置いてあるらしいので、おそらくそこに向かうのだろう。

既に夕刻となっている街にレインが消えて行くのを見送ってから、タルマはレスターを眺《なが》める。

「あんた、いつの間にかあいつを名前で呼ぶようになってるね」

「あー、そう言えばそうですね」

レスターは自分でも不思議そうに頷《うなず》く。

「なんかもう、すっかり遺恨《いこん》なんか消えちゃってて、むしろ前から知ってたような不思議な――」

言いかけたまま、レスターのちっこい目がなぜか見開かれた。

タルマの背後を見て、あんぐりと口を開けている。

「なによ、あたしの後ろになにか」

あるの？　と訊《き》く前に、タルマはいきなり口を塞《ふさ》がれ、とんでもない馬鹿力で戸口の内側に引きずり込まれていた。

屋敷の正面ホールの隅っこまで引きずられる頃には、焦《あせ》っていたタルマもようやく気付いた。

　最初は侵入者かと思ったが、背中に柔《やわ》らかい二つの膨《ふく》らみが押しつけられているし、漂ってくる髪《かみ》の香りは、最近この襲撃者《しゅうげきしゃ》がよく使うローズエッセンスである。

「むー、むーーーっ！」

　何のつもりよ、クレアっ——と声にならない声を張り上げる。まだ口元を覆われているので、声が上手く出ないのだ。


「愛する姉さんに、ちょっとご相談があるのですけど」


　妹がこういう言い方をする時は、だいたいロクでもないことを思いついた（あるいは最初から考えていた）時であり、もうこの時点でタルマは嫌な予感がした。

　あえて言えば、「やっぱりか！」と思ったのだ。

　クレアにしては、妙に素直に計画参加を見送ったと思っていたのだ。言わんこっちゃないわ！と内心で愚痴《ぐち》るタルマに、クレアがまた囁《ささや》く。

「実は私、『ふいに』思ったんですけど、やはり城内に侵入するグループに、私も加わりたいです。そこで、愛する姉さんにご相談ですけど……代わってくれます？」

ようやく、口元を覆っていた手を放してもらえたので、タルマはそのままの姿勢でガミガミ文句を付けた。

「なーにが、『ふいに』思ったよっ。レインに念を押された時は『はぁい、私は残りますぅ』とか笑顔で言ってたくせに、あんた本当は最初から自分も参加するつもりだったでしょ⁉　あと、手を放しなっ」

未《いま》だに背後から抱きしめられたまま、タルマはじたばたと暴れる。

しかしあいにく、代々の宗主の血を濃く引くクレアの剛力は組織でも比類がなく、タルマごときではどう暴れようと外れない。

むしろタルマが暴れるのを面白がっているのか、クレアはますます胸を押しつけるようにして腕の拘束《こうそく》を強めてくるほどだ。

男なら喜ぶかもしれないが、妹にそんなことされても、少しも嬉《うれ》しくない。あまつさえ、いつの間にか胸の大きさでも並ばれたことが実感できてしまい、腹の立つことばかりだった。

「そこまで可愛《かわい》く言った覚えもないですけど……とにかくそこですよ、ご相談は」

クレアが声音《こわね》だけは真面目《まじめ》に、タルマの耳元に囁《ささや》く。

「愛する姉さんと言い争いなどしたくありませんけど、断られると困るわけです。そこで、姉さんがあくまで『それはだめっ』と言う場合、ここで実力行使して眠ってもらうしかありません。この襲撃《しゅうげき》はそういうことなのです。私としては辛《つら》い決断です」

「いや、全然辛《つら》そうな声じゃないし！　それなら、別にあたしと交代するんじゃなくて、この際は姉妹二人で行けばいいでしょ」

タルマはもはや暴れるのも諦《あきら》め、妥協案《だきょうあん》を出す。

「それだと、万一の時に組織を率いる人がいなくなりますよ」

「あのねえっ。あたしは、裏街道まっしぐらのこんな名無し組織、欲しくもないわねえっ」

「今は方針転換して、世間に出るところじゃないですか。もう以前とは違いますし、名前を付けるのもいいかもしれませんね。……それはそれとして、返事はどうでしょう？」

――駄目だこの子、話にならないわ。

おっとりと温和そうに見えて、中身は強情なのがクレアという妹だが、今回は特に、何がなんでも自分の考えを押し通す気らしい。

こうなると、誰がなんと言おうと、てこでも考えを変えまい。「わかったわかった、代わってあげるから、放しなさいっ。妹に胸押しつけられても暑苦しいだけだから、いい加減に離れなって」

「残念です。私は姉さんに抱きつくのは、とても嬉《うれ》しいのですけど……なんだか、胸がときめきますし」

「わかったから、離れろ！」

「……約束ですよ？」

ようやくクレアが放してくれ、タルマはここでやっと振り向くことができた。

呆《あき》れたことに、クレアは既に動きやすいチュニックに着替え、腰には宗主のみが引き継ぐ名刀、ブランディーヌが装備されている。もういつでも戦える準備をしているわけだ。

「あのぉ」

今頃になって心配したレスターが戸口からこっちを覗《のぞ》いた――が。

タルマが睨《にら》み付けると、あっという間に姿を消した。

「い、いえっ。ご無事ならそれでっ」

軟弱《なんじゃく》な男は無視して、タルマは腰に片手を当ててクレアに念を押しておく。

「……ごり押しするのはいいけど、何かあった時は、あたしもマイエンブルク城に突っ込むよ。後のことなんか考えないからね」

機嫌悪く申し渡すと、クレアは眉根《まゆね》を寄せた。

「それは……困りますね」

「なら、つまらないことは考えずに、生きて戻ることね！」

きつくきつく申し渡し、タルマはため息をついた。

これで、この作戦は否応なく失敗できないものとなってしまったらしい。

☆

夜が来ると、南風はさらに激しさを増してきた。

レインは一人だけ手伝いを寄越してくれと言っていたのだが、タルマは元々それをする予定だったメンバーに代わり、自分が問題の倉庫に向かった。当初の予定では、タルマはこっちの組には加わらないはずだったが、クレアが無理に割り込んできたので、やむを得ない。

何もしないで屋敷で待つよりは、あのレイン小僧《こぞう》の手伝いをしていた方が、まだしも気が紛《まぎ》れる。

「しかし……この地図、わかりにくいわねっ」

レインの手書きの地図があまりにも汚いせいで、もうかなり王都の中で迷っている。

ようやく路地を入った奥に目当ての倉庫を見つけ、タルマは大いにほっとした。

どこで雇《やと》ったものか、こちらにもちゃんと幌《ほろ》付きの荷馬車《にばしゃ》が停まっていた。


「おい、そこで何をしているっ」


「ええっ」

いきなり後ろから喚《わめ》かれ、タルマは飛び上がりかけた。

振り向けば、薄赤い上下の制服を着た男が二人、胡散《うさん》臭そうにタルマを眺《なが》めていた。腰に、長剣とスタッフ（棒状の武器）の両方が装備されているところを見ると、おそらくは王都の警備隊だろう。嫌なところで目を付けられたものだった。

制服のボタンを外したたらしない彼らは、コルセットドレスの上にストゥールを羽織《はお》ったタルマを見て、にんまりとほくそ笑んだ。

お嬢様風に化けた方が怪しまれないと思ったのだが、とんだ勘違《かんちが》いだったらしい。

「おまえ……よそ者だな？」

「そんな髪《かみ》の色は見たことないしな」

二人揃って言われ、タルマは冷や汗が噴き出した。

「え、ええと……まあ、旅の者です、はい」

「旅の者ねぇ？　王都内では、手形がいることを知ってるかな？」

鼻の先端が赤い男がわざとらしくスタッフを抜き、これ見よがしにパシパシともう片方の掌《てのひら》にぶつける。

相棒《あいぼう》も、今聞いたような顔をしたくせに、すぐに頷《うなず》いた。

「そうそう、警備隊が誰何《すいか》したら、ちゃんと見せてくれないとなぁ」

「し、知らなかったことだし、見逃してもらえませんかぁ？」

タルマは引きつった顔で愛想《あいそう》を振りまいたが、これも成功したとは言えなかった。なぜなら、してやったりという顔で、赤鼻が乱杭歯《らんぐいば》を見せつけたからだ。

こいつは先ほどからタルマの胸元を粘着質《ねんちゃくしつ》な目つきで眺《なが》めていたが、ついに行動に出た。素早《すばや》くスタッフをタルマの胸に押しつけ、ぐいぐいと押し込んだのだ。

その行動も気持ち悪いが、陶然《とうぜん》とした赤い顔がさらに気持ち悪い。息が荒いのもだ。

「おお、なかなかの感触だな。困ってるなら、支払いはこっちでもいいぞ」

「ちょっと！」

さすがのタルマもむかつき、腰の後ろに隠した鞭《むち》に手が伸びかけた。

しかし――その前に、背後の暗闇からいきなり現れたレインが、身体を半回転させ、赤鼻の後頭部に回し蹴りを叩《たた》き込んだ。

苦痛の表情を浮かべる暇《ひま》もなく、赤鼻が地面に転がってしまった。

「なっ――」

などと相棒《あいぼう》が何か言おうとしたが、次の瞬間には、こいつもレインの拳《こぶし》をみぞおちに食らって頽《くずお》れた。呆《あき》れるほど素早《すばや》い戦い振りで、タルマがレインに気付いてから、ほぼ一瞬である。

「び、びっくりするじゃない!?」

文句を付けたが、レインは口元に人差し指を当てた。

「静かにしろ、馬鹿。誰か聞いてたらどうする？」

「……乱闘はいいのかしらねっ」

それでも声を低めて言ったが、「乱闘になってない」と言い返されたのみである。レインはそれ以上は何も言わず、でこぼこコンビの警備隊員の襟元《えりもと》を掴み、それぞれ引きずり始めた。

もちろん、タルマもついていく他はない。


両開きになっている倉庫の扉を開けると、レインは男二人を中に引きずり込む。

その後で、タルマも中に入ると、レインが再びドアを閉めてしまう。

ランプの明かりがほのかに照らす倉庫内を見回すタルマに、すぐに質問を浴びせた。

「おまえは来る予定じゃなかったはずだが？」

「しょうがないでしょ、その予定が変更になったんだからさ」

タルマは、極道な妹のやりようを、そのままレインに教えてやった。

「――というわけで、せめてあんたの手伝いでもしようかと」


「となると、クレアはもう城内に潜入しているわけか？」


人の話を聞かないレイン小僧《こぞう》が、渋面《じゅうめん》で独白する。

「そういうことね。今頃は、あんたが特攻かける王宮の、地下倉庫にでもいるんじゃない？ 木箱の中で城への納入品に交じってさ」

揶揄《やゆ》するように言うと、レインは軽く息を吐《は》いた。

「予定が変わるなら、教えてほしかったな」

「殊勝《しゅしょう》な態度に騙《だま》される方が悪いわね。あの子、元々頑固《がんこ》なトコあるし、あたしは最初から何か企んでると思ったわよ」

おまけに、胸の大きさも並ばれたし――と見当違いの愚痴《ぐち》まで叩《たた》き付けそうになり、タルマもさすがにそれは控《ひか》えた。

代わりに、空《から》っぽの倉庫を入念に見渡し、しんねりとレインを見やる。

「で、あんたご自慢の道具は？」

「もう荷馬車《にばしゃ》に積んである。手伝いが必要なのは、時計塔について組み立てる時だけだ」

「え、嘘！　なら見せてよ、早くっ」

「この後ですぐ見られる。おまえが遅れたせいで、予定時間が押してるんだ」

レインはポケットから懐中《かいちゅう》時計を取り出すと、タルマに突きつけた。

「予定時刻を過ぎれば、クレア達城内組が騒動を起こしてしまうはずだ。俺が間に合わなかったら、まずい」

「わ、わかったわよ」

地図のせいだとも言えず、タルマは唇《くちびる》を尖《とが》らせる。

「でも、この二人はどうするつもり？」

「こいつらは当分、目覚めない。このままここに置き去りにする。どうせあと二時間もすれば、作戦がどう転ぶかはっきりするからな」

「じゃあ、急がないと！」

「ああ」

一瞬だけ視線を交わし、二人してまた外に出た。レインは御者台《ぎょしゃだい》に上り、タルマに幌《ほろ》で囲まれた荷台を指差す。

指示に従い、タルマも急いで荷台に上り、幌《ほろ》を捲《まく》って中に入った。

「風でめくれないように、内側から紐《ひも》で閉じておいてくれ」

「わかった！」

言われた通りに合わせ紐《ひも》を結んで入り口を閉じた途端、もう馬車《ばしゃ》は動き出した。

この幌馬車《ほろばしゃ》は天井《てんじょう》までの高さが異様にあるのだが、タルマの目が闇に慣れてくると、その理由がわかった。

高い天井《てんじょう》に届きそうなくらい大きなパーツが二つ置かれていたのだ。

このパーツを合体させると、おそらく巨大な三角形のフレームができるはずだ。枠組みは木製であり、既に灰色の見たことのないごわごわした生地がフレームに張ってある。どうも、元は何かの薄い皮革で、そこにさらに塗料を塗り重ねてあるように見えた。

完成したこれを背中に装着した場合、巨大な鳥のように見えるかもしれない。ちょうど、三角形部分が翼に似ているので。

しかし、わずか数百メートルとはいえ、こんなものを使って空を飛べるとは、タルマには到底、信じられなかった。

呆然《ぼうぜん》としているうちに幌馬車《ほろばしゃ》は停まり、レインが外から声をかけてきた。

「着いたぞ、開けてくれ」

言われるままに幌《ほろ》を内側から開いたが、それでもタルマは言わずにはいられなかった。

「これで飛ぶつもり？　本当に？」

「時間がないから、急ごう！」

レインは相手にもせず、すぐに荷台に乗り込んできた。


街のシンボルにもなっている時計塔は、マイエンブルク城と共に王都ファンティーヌの中心部にあるが、周囲は教会が多く、夜ともなると人の往来はまず見られない。

この時計塔は城の王宮よりも高いので、間近で見上げるようなものではなく、街の住人が遠くから時間を確認するためのものであり、付近が教会でも関係ないのだろう。

それにこの時計塔自体、この国のかつての英雄、ファンティーヌの墓が置かれた教会が北側に付随している。ただ、そちらの方はごく小さな規模で、夜は人がいなくなるらしい。

唯一の問題は、この時計塔の内部に専属の時計守《とけいもり》がいるという点だが、レイン曰《いわ》く、飛び立つのは時計塔の最上部の屋根なので、気付かれない限りは関係ないそうだ。

二人で協力し、この不格好《ぶかっこう》な三角枠組みを合体させると、レインはあっさり言った。

「もう戻っていいぞ。この馬車《ばしゃ》も、ヴァレンに返してやってくれ」

「いいって、どうやって屋根まで上がるのさ」

四角形の時計部分を見上げ、タルマは顔をしかめる。あの四面全てが時計の文字盤になっているが、屋根の部分は緩《ゆる》い傾斜がついていて、危なそうだ。

時計塔本体は石造りの堅牢《けんろう》な建築物で、夜にこうして見上げると、天に突き出した黒い剣のように見えた。

「城と違い、ここには魔法を封じるようなものはない。だから、これを持ってレビテーションで上まで一気に行く。俺だけなら簡単だ」

——本番はその後だな、とレインは付け加えた。

「なら、あたしも屋根で見送るから、一緒に上げてよ」

「なぜ？」

「なぜでもっ。あんた、新入りのくせに、いちいち口答え多いよ」

「なら、ロープを持って行くといい。いざ撤収《てっしゅう》する時に、降りる方法がなくなる」

言われてみれば、その通りだった。

魔法が使えないタルマは、帰りもレビテーションというわけにはいかない。急いで馬車《ばしゃ》からロープを取ってきて、巻いたまま自分の肩に掛けておいた。

すぐにレインが詠唱《えいしょう》を始め、不格好《ぶかっこう》な三角形プラス二人は、そのままぐんぐん夜空に上昇していく。いくらレビテーションを使おうと、さほどの高度にまで上れないのが常識のはずだが、レインの魔力キャパシティは余程《よほど》大きいらしく、危なげなく上昇していく。

大して時間もかからず、時計塔の屋根まで上がってしまった。

緩《ゆる》い傾斜のついた赤い屋根は、普通に立つくらいならまだしも、気を抜くと落ちそうな気さえする。タルマは慌《あわ》ててロープの端を時計塔の先端部分の風見鶏《かざみどり》に結びつけ、自分の身体を固定した。

その間、レインはさっさと不格好《ぶかっこう》な三角形を立て、自分の背中にくくりつけようとしている。

「革紐《かわひも》があるだろ？　それで、下部の木製フレームと俺の胴《どう》を固定してくれ」

「いいけどっ。外す時はどうするつもりよ？」

「ダガーで切る。いいから、早くっ。風がいよいよ強くなってきた」

レインの言う通り、吹きすさぶ風はますます勢いを強め、黒々とそびえ立つマイエンブルク城に向かって吹きまくっている。チャンスのように見えるが、これほど風が強いとなると、少し目標から逸《そ》れただけで、あさっての方向へ飛んでいきそうだった。

「わかった！」

乱れた髪《かみ》を直すのを諦《あきら》め、タルマは言われるままにレインの身体を固定してやる。道具を屋根に立てて置いてあるため、ともすれば風圧を受けて、レインの身体が動きそうになる。それでもようやく結び終えると、レインはズボンのポケットから懐中《かいちゅう》時計を出して、時刻を確かめた。

「なんとか間に合った……予定時刻の二分前だ」

「ねえ、レインっ」

足を踏ん張って立つレインに、タルマは問いかける。

訊《き》くのはよそうと思ったが、どうしても我慢《がまん》できなかった。

「あんた、そこまでこの計画に自信あるの？　世界の誰もやったことがない人力飛行までやらかそうとしてるけど、本当に心の底から自信あるわけ？」


「――イエスかノーかで言えば、ノーだ」


平然とレインがほざく。

冷たい風に前髪をなびかせ、真っ黒な瞳《ひとみ》がタルマを見返した。

いつも通り、しんと静まりかえった綺麗《きれい》な瞳《ひとみ》だが、相変わらず、その奥底で何かが荒れ狂っているようにも見える。

いつ見ても不思議で……タルマが苦手な瞳《ひとみ》だった。

「しかし、魔族に対抗するためには今のままじゃ駄目だろうし、ちゃんとした拠点がいるのも事実だ。無茶に見えるかもしれないが、俺は自分に可能な範囲で、最善の計画を立てていると思う」

「最善の計画でも、失敗しちゃ意味ないじゃない！」

「クレア達の方はレスターもいるし、簡単には殺《や》られないさ。おそらく、俺が失敗しても脱出することは可能なはずだ。組織の存続で言えば、別にイチかバチかの賭《か》けをしているつもりはない」

なだめるようにレインが言う。

「そんなことを言いたいんじゃないよ、あたしはっ」

何もかも吹き飛ばすような勢いの風に負けぬよう、タルマは声を励《はげ》ます。

「今は、あんたの心配をしてんのっ。まさか、絶対の自信がないとは思わなかったわよっ」

「それは悪かった」

レインは妙な道具を背中につけたまま、素直に低頭《ていとう》した。

「だが、何かをやる時に絶対なんてことはあり得ないし、一度やると決めたからには、少なくとも成功を信じて行動すべきだ。失敗すると心配しながらやれば、本当に失敗するだろう。前にも言ったはずだぞ？　人の心には、巨大な力がある。俺は、自分の中の見えざる力を信じて飛ぶ」

——時間だ、と最後にレインは告げた。

もっと何か言うべきだと思ったが、肝心《かんじん》な時に何一つ思いつかず、ようやくタルマは述べた。

「戻ってきなさいよ、無事に。クレア達と一緒にね。……自覚してると思うけど、あんたはその強い信念で、この組織の運命を既に変えたわ。だったら、その行く末に最後まで責任持ちなさい！」

「全力は尽くす！　タルマも無事でっ」

言うなり、レインは屋根を蹴って飛んだ。

ためらいも怯懦《きょうだ》も見せず、まるで生まれてこの方、何千度も繰《く》り返したように。しかし、飛んだ直後に突風に吹かれ、危うく進路を大きく外れかけ、タルマは思わず息を呑《の》んだ。

どこをどう調整したのか、それでもレインは空中で体勢を立て直し、今度こそ城への進路を取った。不格好《ぶかっこう》な三角形が、今やちゃんとした翼のようにも見える。

城へ吹き付ける南風に乗り、レインがまっすぐに飛んで行く。闇を纏《まと》ったようなレインの姿が、みるみる小さくなっていく。

自分でも意識しないうちに、タルマは思わず呟《つぶや》いてしまった。

「なんてこと……あいつ、本当に空を飛んだわ」

第三章　我は平穏を望む

——クレア達のグループは、レインよりは順調だった。

だが、最初から危惧《きぐ》がなかったわけではない。

実のところ、城に張られている結界は外から見ただけでは、どのような作用があるものか正確にはわからない。ただ、クレアは城壁間近で微《かす》かな魔力を感じた。

侵入が予想される城壁で魔力を感じ、城門付近では何も感じないのだ。

ならば、最もありふれた魔法封じの結界かと予想したわけである。

これにはレインも賛成で、「尋常《じんじょう》ではない手段……たとえばレビテーションなどを使って城壁を越えようとすれば、結界を張ったヤツにバレる仕組みかもしれない」と自分の考えを語っていた。

「仮にそうだとすれば、普通の手段で城門を抜けた場合は、結界は反応しない」とも。

クレアも全く同じ考えで、だからこそ、ヴァレンが城に納入する商品の中に紛《まぎ》れ込み、城内に侵入するという、レインの策に同意したわけである。

バルダーのいる場所からは遠いが、この方法なら少なくとも王宮の地下にあるらしい倉庫までは行ける。

事実、屋敷の主人のヴァレンは、作業を監督するため、何度もそこまでは入っているのだ。さすがに、地下からバルダー王が籠《こ》もったままの最上階まではとても進めないだろうが、そこはレインが空から飛び込んで活路を開く——こういう作戦だった。

夜半になって遅れていた商品を納入する際、クレアが最も神経を尖《とが》らせたのは、城門付近である。もしも自分達の当初の予想と違い、想像以上に高度な結界だった場合、もういきなりこの城門で警備兵に荷物を押さえられる可能性がある。

その場合は、自ら飛び出して暴れ回り、少なくとも味方は全員、逃がすつもりだった。

侵入メンバーにはレスターも加わっているので十分に可能なはずで、そういう安心感があればこそ、レインもこの策を勧めたのだろう。

しかし、身構えていたほどのことはなく、荷馬車《にばしゃ》が停まった途端、外で衛兵《えいへい》らしき男の声がした。

木箱の蓋《ふた》と穀物の袋越しなので、随分《ずいぶん》と声が籠《こ》もっている。

「ヴァレンか！　随分《ずいぶん》と遅れたなっ」

「も、申し訳ありませんっ」

今日は特別に同行していた、主人のヴァレンの声がした。

演技だろうが、ひどく狼狽《ろうばい》した震え声である。

「衣類や穀物はともかく、果物の入荷が遅れてしまい——すぐに検査を」

「いいから、早く運び込めっ」

うるさそうに衛兵《えいへい》が遮《さえぎ》る。

「明日にはすぐ入り用になるものばかりだからなっ。これ以上遅延すると、我々まで陛下《へいか》から叱責《しっせき》を受けるのだ！」

「わ、わかりましたっ」

驚いたことに、規定の検査などすっ飛ばし、城内に入れてしまった。

無論、入った途端に何らかの手段で見つかるなどということも、全くなかった。終始、順調に進んだ。

クレアは自分が潜《ひそ》んだ木箱の中で、密《ひそ》かにほっとしたが……同時に、あまりにも上手くコトが運びすぎて、少々気味悪くもあった。

(私の悪い癖《くせ》ですね。今まで順調にいったことがないから、すぐに最悪を予想してしまいます)

暗闇で一人苦笑する間に、馬車《ばしゃ》は王宮のそばに着いたのか、また振動が止《や》んだ。ヴァレンの元で働く従業員達がすぐに荷台から飛び降り、搬入《はんにゅう》作業を始める。

もちろん、ここまでのことができるのは、城の御用商人ならではのことだ。

クレアにしてみれば、そこからまた気が遠くなるような時間が流れた気がしたが、実際は予測した通り、一時間ほどのことだろう。

地下の倉庫に次々と荷が下ろされて積まれていく。別に箱の中にいようが、クレアの力を持ってすれば、至近の光景なら手に取るように『見る』ことができる。

やがて、最後の箱が下ろされたのか、クレアの潜《ひそ》む箱に足音が近づき、囁《ささや》いた。

「宗主様。私はこれで引き揚げますが、何かご用は？」

クレアは答えず、ただ小さく口笛を吹いた。これはあらかじめ決めておいた、「万事順調なら、そのまま引き揚げてください」という合図である。


「——成功を祈ります！」


ヴァレンの最後の声がして、そのまま足音は遠ざかり、やがてドアの閉まる重い音がした。

倉庫内は静まりかえっていたが、なおしばらく時を待ち、クレアは慎重に周囲の気配を探る。敵がそばにいないことを確かめた後、おもむろに自分の上に載っていた穀物入りの袋を押しのけ、蓋《ふた》を開けて立ち上がった。

倉庫内には、たったいま運び込まれたヴァレンの荷が積んであるが、仲間が入っている箱には小さな印《しるし》がある。それらはヴァレン達の手で、仲間が出やすい場所に置いてくれたはずだ。

それを見越し、クレアは早速、声を掛けた。

「もういいですよ」

途端に、あちこちで呻《うめ》くような声がした、ごそごそと人が出てくる気配がした。

一番先に動きがあったのは、木箱ではなく、ひときわ大きな樽《たる》である。そこから塩漬けの肉を外へ投げ出すようにして、大柄《おおがら》なレスターが出てきた。

「うへぇ……生臭いにおいが服についちまったよ」

「真っ暗だと困るでしょう？」

クレアは気を利かせ、掌《てのひら》の上に魔法の明かりを灯した。

自分は暗闇だろうといつもと変わりないが、普通はそうもいかないはずだ。

「きょ、恐縮です」

レスターが頭を下げる間に、次々と箱やら樽《たる》やらが開いて、仲間が姿を見せた。

男が十二名に、女が三名。宗主のクレアを含めれば、全員で十六名いる。レスター以外はやや戦闘力が落ちるが、バジルやケヴィンが抜けた今となっては、組織内では十分精鋭と呼べる者達だ。

「レスターさん、時刻は？」

「ちょ、ちょっとお待ちを」

クレアの質問に、レスターは慌《あわ》てて神官服に手を入れ、懐中時計《かいちゅう》を抜き出した。

「あくまで予定ですが、レインが突入する時刻の、二十分前というところですね」

「そうですか……思ったより余裕がなかったですね」

「搬入《はんにゅう》荷物が多かったですから、やむを得ないでしょう。後は、レインの突入を待ちますか？」

クレアは静かに頷《うなず》いた。

「私なら、ここからでもレインさんの試みがどうなったのかを感じ取れます。あくまで、あの人の最上階突入が確定してからですね、私達が動くのは。予定時刻まであとわずかですが」

——それまでは最後の打ち合わせを、と言いかけ、クレアはさっと天井《てんじょう》を仰《あお》いだ。

しばらくして、大きく息を吸い込む。

「いけないっ」

「どうなさいました、クレア様？」

「気付かれたようです!!」

クレアの声に、全員の顔が強《こわ》ばった。

☆

遡《さかのぼ》ること二百年前、『奇跡の乙女《おとめ》』と呼ばれたファンティーヌがこの地に新王朝を開き、元からあった城の名を、マイエンブルク城と改名した。

これは、反乱の最初にファンティーヌがたった一人で剣を取って立ち上がった、まさにその村の名前であり、わずか十五歳ではじめて民衆を率いた彼女の、生まれた場所でもある。

ただし、ファンティーヌは自分への記念に、城の名を変えたわけではない。国名すら、彼女は古くから続く『バルザルグ』をそのまま継承しているからだ。

新王朝を開くと同時に、ファンティーヌはまさにこの王宮最上階で廷臣達を見渡し、こう言い聞かせたと伝えられる。

『再び、この地を暴虐《ぼうぎゃく》の王が支配する日が来るでしょう。その時は、かつてマイエンブルクの村で、わたくしが戦いを決意したことを思い出してください。……玉座に座るのが王たる資格なき者なら、それが誰であろうと、皆で力を合わせて戦いなさい。それが、わたくしの望みです』

……在位わずか二年、二十歳の誕生日を迎える数分前に、奇跡の乙女《おとめ》は亡くなった。

以後、バルザルグ王国は代々の王が遺訓を守り、謙虚《けんきょ》に民衆を治めてきた。

しかし、三年前に即位したバルダーは、度を過ぎた暗君ぶりで、国力は日に日に衰《おとろ》えつつある。

その証拠が、まさに今の王宮最上階にあった。

玉座はとうに隅へ押しやられ、代わりに異様に大きなテーブルが据《す》えられている。スーツの上衣を脱いだバルダーは、そこに並べられた料理を次から次へと平らげ、正面を眺《なが》めていた。

ちょうど今日は、バルダーが王都から呼んだ踊《おど》り子達が、十名も呼ばれているのだ。

楽師《がくし》が弦楽器《げんがっき》で奏《かな》でる曲に合わせ、全員がなまめかしく踊《おど》っている真っ最中だった。

彼女達の衣装《いしょう》が薄絹《うすぎぬ》ということもあり、バルダーの顔は既に緩《ゆる》みきっていた。壁には、この部屋で唯一残された王家伝来の遺物――つまり、ファンティーヌその人が描かれた絵画が掛けられているのだが、バルダーは特に気にしない。

その絵のみを残した理由も、絵の中の彼女が想像以上の美人だったからに過ぎない。

英雄ファンティーヌは未婚のままで眠るように息を引き取り、後を継いだのは彼女の実家、ローレンシア家の遠縁《とおえん》から出た男子である。

それでも、現在王位にあるこの男はファンティーヌの血筋に違いないはずだが、淫欲《いんよく》に血走った目を見ると、到底そうは見えなかった。

バルダーは散々腹に料理を詰め込んだ後、仕上げに盛大なゲップをした。

その途端、何者かが彼に囁《ささや》いた。

『――いいのかな、そのように遊んでいて？』

「おまえがいて、何を心配することがある？」

特に不思議そうな顔は見せず、バルダーは囁《ささや》き返す。一応、踊《おど》り子達に聞こえないように配慮しているが、過剰《かじょう》に気にしているわけではない。

彼女達にバレたら、その時は犯した後で永遠に口を塞《ふさ》ぐのみである。

ただ、バルダーの周囲を客観的に見れば、声を掛けるような人影は皆無《かいむ》であり、あくまでもバルダーが一人で話しているようにしか見えない。

声がまた続けた。

『僕への信頼は置いて、一つ教えてあげよう、バルダー。……侵入者だよ』

「なにいっ」

バルダーは人が変わったように怒鳴《どな》り、立ち上がった。

既に、栗色《くりいろ》の目はせわしなく最上階の間を見渡している。いきなりの大声に、楽師《がくし》も踊《おど》り子もぎょっとしたように動きを止めているのだが、バルダーにすれば、それどころではなかった。

以前、何度か命を狙《ねら》われた経験があり、その恐怖が身に染みているのだ。

たとえ、結局は『彼』によって倒されるにせよ。

「ま、まさか、もうここまで来ているわけではあるまいなっ」

『いや。まだ入ったばかりというところかな』

揶揄《やゆ》するように声が返す。

「なぜ、もっと早めに言わなかった！」

叱声《しっせい》を叩《たた》き付け、バルダーはようやく呆然《ぼうぜん》とこちらを見る踊《おど》り子達に気付いた。

「ええい、さっさと出て行けっ。邪魔だっ」

「は、はいっ」

踊《おど》り子も楽師《がくし》も、全員が蹴飛ばされたような勢いで駆け出した。

「誰か、誰かいないかっ」

続いてがなり立てるバルダーの声が、広間の中に響き渡った。

☆

地下倉庫にいたクレアは、一つ上の階で多数の気配が移動し始めたことを感じ取り、その場で決断した。

「もう、待機している場合ではありませんね。これから出ますっ」

「わかりましたっ」

懐《ふところ》に手を入れたレスターをはじめ、全員が頷《うなず》いた。

クレアはその場で右手を振り上げ、分厚い倉庫のドアに扉に向ける。


「――我が魔光よっ」


言下《げんか》に、闇を一瞬で打ち消すほどの青き閃光《せんこう》が迸《ほとばし》り、重厚な扉をあっさりと破壊してしまった。

クレアは魔剣ブランディーヌを抜き放ち、先頭に立って外に走り出る。

地下室の石廊下《いしろうか》を走り抜け、階段を駆け上がって一階に出たところで、兵士の群れが駆けつけてきた。やはり、通報を受けていたらしい。

「な、何者かっ！」

「どこへ行く気だっ」

槍《やり》を構えて誰何《すいか》する声は勇ましいが、どうも腰が引けている。

できれば戦いたくない――そのような内心が表情に表れているのだ。事実、眉《まゆ》をひそめたクレアが一歩前進すると、彼らはざざっと数歩も後退してしまった。

数だけなら、こちらの三倍はいるのに、だ。

「貴方《あなた》達に提案しますが――特に戦意がないようなら、私も無益な殺生《せっしょう》は好みません。どうか、そこをどいて通してくださいませんか？」

青白い魔力の光で満たされたブランディーヌを片手で突き出し、クレアは静かに歩き出す。薄赤い上着と白いズボンという格好《かっこう》の衛兵《えいへい》達は、それに応じて身も蓋《ふた》もなく後退する始末である。

「ど、どうする？」

「どうするって……止めないと」

「陛下《へいか》のためにか!?」

ひそひそ交わされる衛兵《えいへい》の会話を聞くと、どうも「バルダーのために命を懸けるのは嫌だ」ということらしい。

それならそれで、クレア達もやりやすくなるのだが――

しかし、あいにく黙って退《ひ》く者ばかりでもなかった。石廊下《いしろうか》の奥からばらばらと走ってくる音がして、見るからに人相の悪い男達が、五名ほど現れた。

全員、クレア達と同じくレザーアーマー装備だが、剣にせよ防具にせよ、遥《はる》かに年季が入っている。

「おまえら邪魔だっ、やる気がないならどけ！」

それぞれ喚《わめ》きつつ、乱暴に衛兵《えいへい》を押しのけて前へ出てきた。

全員、クレアを見て目の色を変えていた。

「まさか……傭兵《ようへい》の方ですか？」

そこまでバルダーの統率力は落ちていたかと、さすがにクレアも驚いた。

レインがこのような作戦を提案したのは、もしかすると城内の士気の低さを見破っていたためかもしれない。

「だったらどうしたよ、べっぴんのねーちゃん」

先頭の、無精髭《ぶしょうひげ》だらけの男がにやつく。

「つまらん警戒任務ばかりでだいぶ嫌気が差してたが、やっとやる気が出たなぁ」

「おう、まさか後で楽しめる余録付きの敵が、のこのこ来るとは思わなかった」

「役得だよなぁ、こんな上玉《じょうだま》は久しぶりだ」

主にクレアを見て、五名の傭兵《ようへい》がざわつく。

「クレア様。ここはこの僕に――」

腹を立てたらしく、レスターが前へ出ようとしたが、クレアはそっと手で押しとどめた。

「意味がよくわかりませんが、貴方《あなた》達は傭兵《ようへい》としては大したことなさそうですね」

クレアは冷静に指摘する。

「これは推測ですけど……もしかして、精鋭は全部バルダーの護衛に回されてますか？」

ずばり訊《き》くと、傭兵《ようへい》達は顔色を変えた。


「てめぇ、生意気なこと吐《ぬ》かしやがる。俺達は雑魚《ざこ》だってか⁉」

「後で泣き喚《わめ》かせてやるからな！」


短気な二名がその場で駆け出してきた。

その瞬間、クレアもまた飛び出す。白銀の髪《かみ》をなびかせた身体が霞《かす》み、残像が流れた。

敵の間合いに自ら躍《おど》り込むと同時に、魔剣の輝きが青い軌跡《きせき》を宙《ちゅう》に刻む。だらりと構えた姿勢から、いきなり横殴《よこなぐ》りの斬撃《ざんげき》を先頭の男に叩《たた》き込む。

そのままそいつの脇を走り抜けると同時に、クレアの身体は素早《すばや》く半回転して、さらに勢いを増した斬撃《ざんげき》を背後の男に放つ。

その辺りでようやく、先頭の男の首が廊下《ろうか》に転がり落ち、鈍《にぶ》い音を立てた。まるで順番を守るように、二番手の男の胴《どう》が袈裟《けさ》斬りの形にズレ、そのまま二つに分かれて倒れた。

「うわぁ……さすがはクレア様！」

レスターが感嘆《かんたん》の声を上げる頃には、ブランディーヌの魔光がさらに幾筋もの閃光《せんこう》を残し、残りの三名の傭兵《ようへい》が瞬《また》く間に倒れてしまった。

結局、五名の傭兵《ようへい》は全く剣を合わせることもなく、物言わぬ死体と成り果ててしまった。

瞬《また》く間に彼らを片付けた後、クレアはまた片手でブランディーヌを突き出し、呆然《ぼうぜん》とコトの成り行きを眺《なが》めていた衛兵《えいへい》達に問うた。

「それで……貴方《あなた》達はどうしますか？　殉職《じゅんしょく》の決心がついたのならお相手しますが、通してくださるなら、一切手出しはしません」

口調は極めて静かで穏《おだ》やかだったが、何しろクレアの背後には死体の山ができている。衛兵《えいへい》達がいよいよ震え上がったのは当然だろう。

まず音《ね》を上げたのは、先頭にいた一人だった。

中年に見える彼は早々と槍《やり》を捨て、「俺はご免《めん》だ……陛下《へいか》のためにこんな人と戦うなんてな」なと呟《つぶや》き、脇へ避けて道を空《あ》けてしまった。

たちまち、並み居る衛兵《えいへい》の全てが武器を捨て、クレアの前に道ができてしまった。

「感謝します」

低頭《ていとう》した後、クレアは振り向いて皆に告げた。

「さあ、急ぎますよ！」


時計塔を飛び立ったレインは、その直後に突風にあおられそうになったが、自らの持つエクシードによって、強引に進路を戻した。

いざとなれば他に魔法を使うことも可能であり、実はレインは、城壁を越えるまではさほどの危険があるとは見ていない。

今のように、自分である程度は立て直すことが可能だからだ。

(問題は、城壁を越えてからだが)

ぐんぐん迫るマイエンブルク城を眺《なが》め、レインは思う。

事前に調べた通り、今のところ、最上階に突入するのに最適な角度から降下している。

ただ、城壁を越えた時点で、もし先程のように急激に進路が変わった場合――今度不可視の力を使えば、無事では済まないかもしれない。もちろん、タイミングにもよるだろうが。

マイエンブルク城に張られた結界は、その手の不可視の力に反応するものだとレインもクレアも見ている。結界は単に警報を発するばかりではなく、力を使ったその瞬間に、相手を攻撃するタイプのものもあるからだ。

そこまでの結界となると、よほどの実力がないと構築できないが、可能性はもちろん皆無《かいむ》ではない。

（あの城に見えざる敵がいることはわかってる。そいつがどの程度の実力かによるが、使わないに越したことはないだろう）

考えている間に、レインの身体はたちまち城壁を越える。すると、開け放たれた最上階の窓の向こうに、明かりが見えた。小さな人影が奥で右往左往《うおうさおう》するのも見えるが、今は観察している場合ではない。

王宮の屋根へ着地という当初の予定が、ふいに高度が下がり、難しくなりかけている。狙《ねら》いより、若干コースが下へズレていることを確認したレインは、とっさの判断でそのまま窓から飛び込むことにした。

少なくとも窓は思ったより巨大だし、それに一つではない。

あれのどこかから飛び込める可能性がある。万一、壁に激突しそうになった時は、もうなりふり構わずにエクシードで制動をかければいい。

そんな一瞬のタイミングで、上手く力が使えればの話だが。

「——迷ってる暇《ひま》はないなっ」

恐ろしい勢いで四角い王宮が迫るのを見て、レインはその場でダガーを抜き、自分の身体を固定してあった革紐《かわひも》を切断した。

最後に両手を金属製の横棒から放すのと、再び風にあおられた道具が大きく姿勢を崩すのが、ほぼ同時だった。

レインが空中数十メートルの高さに放り出された瞬間、きりきり舞いして飛び去った飛行道具は一旦《いったん》は王宮の壁にぶつかり、後は遥《はる》か地上目掛けて落ちていった。

レイン自身は、猫のように身を丸めて回転し、開け放たれた窓に向かって残り数メートルを飛んでいく。結局、狙《ねら》ったその窓からはずれてしまい、締《し》め切られた別の窓から飛び込み、ガラスを窓枠ごと粉々に砕《くだ》いて中へ飛び込んでいった。

あと数センチで壁にぶつかるところだったが、それでも無事に抜けた、抜けることができた。けたたましい破壊音がして、部屋の中にきらきらと破片が飛んだ。

最上階の間《ま》が広々とした空間だったのは、不幸中の幸いだったろう。

ほんの申し訳程度にエクシードで制動をかけたが、それでもレインは何度も床の上を転がり、余計なダメージを受けてしまった。

予想以上にスピードが出ていたため、受け身を取ろうとしても限度があったのだ。

身体中が痛んで悲鳴を上げたが、レインはきっぱりと無視して、そろそろと起き上がった。

……意外なことに、最上階の間《ま》にはバルダーのみしかいなかった。今まで人が大勢いた気配はあったが、下がらせたらしい。

ただし、気配が他に皆無《かいむ》というわけではない。

こちらを見るバルダーは想像したより小柄《こがら》な男で、無精髭《ぶしょうひげ》の生えた、不健康そうな顔の中年だった。テーブルの向こうで立ったまま、呆然《ぼうぜん》とレインを見つめている。

「な、なんだ……貴様は！　どうやって入ってきた」

「手段など、もうどうでもよかろう。……俺はおまえを倒しに来た」

素早《すばや》く最上階の間《ま》を見渡し、レインは下の階におりる出口が壁際にあり、かつバルダーから遠いのを見て取った。

魔剣を抜くと、彼は「ひっ」と声を上げた。そろそろと後退しかけたが、何とか踏みとどまり、凄惨《せいさん》な笑みを浮かべた。

「お、脅《おど》かしおって！　見たところ、たった一人ではないか。わしに何の備えもないと思うか!?」

言うなり、大声で喚《わめ》く。

「おい、おまえ達！　仕事だぞっ」

一瞬、レインは緊張したが……出てきたのは、想像したような見えない敵ではなかった。

バルダーの呼びかけに応じ、控《ひか》えの間《ま》に当たるさらに奥の部屋に詰めていたのだろう。わらわらと強面《こわもて》の男達が現れ、剣を抜いた。

「傭兵《ようへい》か？　しかも、随分《ずいぶん》と奮発したものだな」

十数名はいる彼らを眺《なが》め、レインは口元を引き締《し》める。

濃密な殺気と腰の据《す》わり、そして足の運び……クラスB、いやクラスAに相当する連中かもしれない。ギルドを通したとしても、これほどの傭兵《ようへい》を集めるのは難しいだろう。

人選もさることながら、とんでもない大金が必要となるからだ。

「くだらないことに金を使うヤツだ！」

吐《は》き捨てるように述べ、レインはいきなり走り出した。


レインとの合流を急ぐクレア達は、途中、ほとんど抵抗らしき抵抗に遭《あ》わないまま、最上階の一つ下の階まで来ていた。

ここに来るまでに散発的な傭兵《ようへい》の襲撃《しゅうげき》はあったが、彼らは傭兵《ようへい》としてのランクが低いのか大した実力ではなく、全てクレア達によって簡単に撃破されている。

城の衛兵《えいへい》達に至っては、一階の時と同じく最初から逃げ腰の者ばかりで、クレアの説得に例外なく退いてしまう有様《ありさま》だった。

「予想外に抵抗が少ないのは嬉《うれ》しい誤算ですが、でも説得に時間がかかるのも困りますね」

仲間内で一人だけ息も切らさずに走っていたクレアは、最後の踊《おど》り場で足を止め、レスターを振り返った。

クレアとは逆に仲間内で一番消耗《しょうもう》していたレスターは、彼女の意を汲《く》み、汗まみれの顔で懐中《かいちゅう》時計の時間を確かめる。

「予定通りなら……レインはもう……突入してるはずですっ」

息切れしながらの報告に、クレアは静かに頷《うなず》く。

「つい先程までは、レインさんの気配を最上階に感じていました。……それと、大勢の敵の気配も。でも、なぜか今は何も感じません」

「えっ」

レスターはもちろん、全員が顔を見合わせた。

「それは、戦いはもう終わったということでしょうか？」

「それなら、せめて誰かの――いえ、レインさんの気配だけは残っているはず。でも、あからさまに何も感じないのです」

クレアは茫洋《ぼうよう》とした瞳《ひとみ》を虚空《こくう》に向けたまま、小さく首を振る。

「まるで、誰かが故意に私の力を妨害《ぼうがい》しているようでもあります。王宮に入っても相変わらず転移の力も使えないし、不審なことが多いですね」

「では、レインのためにも急ぎましょうっ」

急に張り切り出したレスターが、力強く返した。

今クレアが立ち止まったのは、皆の体力――ことに、一番へたばっていたレスターの体力の回復を待つためだったのだが、少なくともまだ気力は十分のようだ。

クレアは微笑《びしょう》し、大きく頷《うなず》いた。

「そう簡単に不覚を取るレインさんではないはずですが、では急ぎましょうか」

『はいっ』

仲間の返事が頼もしく踊《おど》り場に木霊《こだま》したその瞬間――

ふいに予期せぬ声がした。


『へぇ、彼はレインって名前なのか』


「――何者っ」

白銀の髪《かみ》を舞わせ、クレアがさっと階段に向き直る。

つい今し方まで、絶対に誰の気配もなかったはずなのだ。しかし……今は最上階へ至る石段を隠すように、踊《おど》り場の上に黒い闇が広がっていた。

クレアが眉《まゆ》をひそめて見つめるうちに、うっすらと誰かの顔が浮かぶ。

あたかも、濃密な闇に描き込んだ判別しがたい絵画のようだが、まだ若々しい顔には見えた。

ちなみに、身体は全く見えない……あくまでも、顔だけである。

『正直、僕は彼の奮闘ぶりに少し驚いてるよ。バルダーを殺そうとした中じゃ、明らかに別格の実力者だ。あの年であの腕前は大したものだね。苦しい修練も積んだんだろうけど、それだけでどうにかなるレベルじゃない』

闇に浮かんだ顔は、クレアなど意に介さずに話し始めた。

『だが、その名前を聞いて、多少は納得できたかもしれない。僕がまだ、大陸のあちこちをさまよっていた時、何度かその名を小耳に挟《はさ》んだ。全て、人間にしてはあり得ないような武勇談ばかりだったね……その時に聞いた名前と同じだ』

見た目は若いくせに、ひどく達観したような声音《こわね》だった。

やや気怠《けだる》い声にも聞こえるが、別に疲れているわけではなく、これは彼の地《じ》なのかもしれない。

『いい加減、バルダーにうんざりしてきた時に、彼のような人に遭《あ》う……これも、運命なのかな。まあそれでも僕は、まだ自死を選ぶ気もないけど』

「誰ですか、貴方《あなた》は？　私達の邪魔をする気ですか」

既にブランディーヌを抜刀していたクレアは……じりじりとすり足で謎の闇に接近する。隙《すき》を見つければ、いつでも攻撃に移れる構えだった。

『いや、できれば誰の邪魔もしたくないんだ、僕は』

名乗りもしない少年は、憂《うれ》い顔でため息をついた。

『誰の邪魔もせず、誰にも迷惑を掛けず、心静かに内なる世界に閉じ籠《こ》もる——それが、僕のささやかな望みだ。でも、僕らはこうして遭《あ》ってしまった。お互いにとって、不幸なことにね』

淡々と語った後、不気味な顔はあっさり消えた。

『じゃあ失礼するよ、綺麗《きれい》な人』

ぼそりとした声だけが後から聞こえ、クレアは唖然《あぜん》としたほどだ。

しかし、悟ったような少年の顔が消えた後も、踊《おど》り場の上には闇が広がったままである。それも炭を溶かし込んだような真っ黒な闇で、階段の上は一切見えなかった。

「なんだよぅ、通せんぼのつもりかよっ」

レスターが怒《いか》りにまかせてどすどすと上へ行こうとするのを、クレアは手で押さえた。

代わりに同志を見渡し、「どなたか銅貨を持っている方は？」と尋《たず》ねる。皆きょとんとしたが、それでも女性の同志が一人、タラン銅貨を渡してくれた。

「クレア様、気がかりなことでも？」

レスターの疑問に、クレアは端的に答えた。

「この広がる闇、何らかの結界だと思うのです……城の外で感じた力の波動と、似た波動を感じますから」

「それは――」

さすがに気味悪そうな表情を見せたレスターに頷《うなず》き、タルマは受け取った銅貨を階段の上へ投げる。放り投げた銅貨はそのまま闇の向こうへ吸い込まれ——そして次の瞬間、また『こちら側』に飛び出してきた。

あたかも、向こうに誰かがいて、銅貨をキャッチしてすぐ投げ返したように。


「も、戻ってきた!?」

「なんなのっ」

「敵の妨害《ぼうがい》か!」


「もちろん、妨害《ぼうがい》ですとも」

同志が騒ぐ中、戻された銅貨を受け止めたクレアは、微《かす》かに首を振る。

「やはりこの深淵のごとき闇は、結界の類《たぐい》でしたか」

大きく息を吸い込み、クレアは階段の天井《てんじょう》を仰《あお》ぐ。

相変わらず、なんの気配もしなかった。これも、明らかにあの少年がクレアの力を妨害《ぼうがい》しているのだろう。

「破れるとは思いますが、時間がかかりそうですね」

——当然、その間レインは一人で戦うしかないのだ。

表情こそ変えなかったものの、クレアは内心で焦燥感《しょうそうかん》に駆られていた。

（レインさんっ）

「なんだ、あいつはなんだ、一体、何者なんだ!?」

最上階のバルダーは、テーブルに手をついたまま立っているが、全身の震えを抑えることができなかった。

大金を積んで集めた、ギルド内でも精鋭に当たるクラスの傭兵《ようへい》達が、次々と黒衣の少年の前に倒れていく。

一流の傭兵《ようへい》達をここに配置したはずなのに、あの少年はさらにその上を行くのだ。

少年の三方を塞《ふさ》ぐように動き、連携して倒そうとしても、必ず彼がその包囲の一角に飛び込み、青き閃光《せんこう》が走って相手が倒れる。

十八人いた傭兵《ようへい》も、今や半数以下に減っていた。

「遅いっ」

少年の激しい叱声《しっせい》が迸《ほとばし》り、また一人、雇《やと》った傭兵《ようへい》が斬られた。

唸《うな》りを上げて襲いくる魔剣を一度は受けたものの、次に少年の痩身《そうしん》が翻《ひるがえ》ったかと思うと、受けた傭兵《ようへい》の方が首筋から血を噴き出して仰《の》け反《ぞ》ったのだ。

しかも、チャンスと見て背中から襲いかかった別の傭兵《ようへい》の斬撃《ざんげき》を、少年はなんと見もせずに身を捌《さば》いて避けてしまう。そして次の瞬間、身体が半回転して振り向き、横殴《よこなぐ》りの一撃を相手の脇腹に叩《たた》き込む。

全ての動きが流れるようであり、残像を引いた黒衣が舞っているようにさえ見えた。

呆《あき》れたことに、連続で斬られた二人の傭兵《ようへい》が倒れて絶命するまで、ほぼ半秒ほどの差しかなかった。

バルダーはずっと見ていたはずなのに、あの少年がどう動きどう斬撃《ざんげき》を繰《く》り出したのか、さっぱりわからなかった。

「くっ、こいつ」

少年の死角に回ろうとしていた生き残りが、敵の動きに恐れをなしたか、一瞬足を止める。すると、すかさず少年の方からそいつに突っ込み、傭兵《ようへい》を慌《あわ》てさせた。

反射的に突き出した剣は攻撃のためではなく、明らかに間合いを取るための牽制《けんせい》であり、少年は歯牙《しが》にもかけなかった。自分の頰《ほお》を微《かす》かに剣撃が掠《かす》ったのに、怯《おび》える様子も見せない。そのままひと筋の槍《やり》と化したように黒衣が走り、相手の心臓に剣を突き立てる。

「十三人目っ」

しかも、死体が倒れる暇《ひま》もあればこそ、少年はその場で身を低くして振り向き、自分の首筋を狙《ねら》った斬撃《ざんげき》を避けてみせた。

そして、背後から襲った相手の懐《ふところ》に飛び込み、青き閃光《せんこう》が虚空《こくう》に軌跡《きせき》を刻む。

下方から斜め上へと、鮮やかな逆袈裟斬《ぎゃくけさぎ》りだった。

「これで、十四人目！」

残り四名となってしまったが、顔中を脂汗《あぶらあせ》に塗《まみ》れさせているのは、むしろ残っている傭兵《ようへい》達の方だった。

見守るバルダーの顔は、もはや蒼白《そうはく》になっていた。

「なんだ……あいつはなんだ……一体、何者なんだ。なぜ、あんなヤツがここへ」

繰《く》り言《ごと》のように同じセリフを繰《く》り返した時、醒《さ》めた声が答えた。


『——多分、僕は正体がわかったと思う』


「ノースっ、貴様、どこへ行ってた！」

蒼白《そうはく》なバルダーは、見えるはずもないとわかっているのにきょろきょろと首を巡らせ、私的なしもべを叱責《しっせき》した。

「さっきから呼んでいたのだぞ」

『珍《めずら》しく、僕も働いていたんだ、バルダー。別動隊の方の足止めをしてた』

「べ、別動隊だと？　下から来てるというヤツか！」

ますます震え上がり、バルダーはせわしなく息を出し入れした。あいつ一人でも危ないのに、他にも援軍が追いついたら、それこそ絶体絶命である。

「な、なんでもいいから、早くあのガキを殺せっ」

『……あれだけ大金払ったのに、もうあと三人だねぇ』

人の命令を無視して、ノースが他人事のように呟《つぶや》く。

同時に、少年の叱声《しっせい》がまた響き、犠牲者《ぎせいしゃ》が増えたことを知らせた。

「呑気《のんき》にしゃべってないで、さっさとガキを殺せ、ノースぅううっ」

気まぐれなしもべに対し、バルダーは恥《はじ》も外聞もなく絶叫《ぜっきょう》していた。

☆

傭兵《ようへい》達との斬り合いは、レインにとっては外から見るほど楽だったわけではない。

攻撃主体の戦い方故《ゆえ》に、掠《かす》り傷程度なら既に何度か負っているし、頬《ほお》にもさっきの戦いで剣撃が掠《かす》ったため、血が滲《にじ》んでいる。

この程度なら戦闘力は落ちないと判断すれば、剣撃が掠《かす》る程度は無視して突っ込むからだ。避ける必要があると判断するのは、あくまで動きが鈍《にぶ》る危険性を考慮した時のみである。

とはいえ傭兵《ようへい》達の方は、ほぼ全員が一撃で倒された者ばかりで、彼らのプライドは既にずたずたになっていた。

「クラスBやクラスAばかりの俺達が、こんなガキに殺《や》られるなど！　そんなはずはないっ」

二十代後半に見える傭兵《ようへい》が、正面で汗をかいていた。

汗どころか、レインの左右に分かれて機会を窺《うかが》う他の二人などは、既に及び腰になっている。

「聞いてなかったぞ……こんなヤツが来るなど」

「交代で待機しているだけの楽な仕事だと思えば、これかっ」

口々に愚痴《ぐち》りつつも、しかし残った彼らは誰も逃げようとはしなかった。上位ランクになればなるほど、仕事の途中放棄を嫌う。

下位ランクの者とは違い、彼らの動向にはギルドに所属する全員が注目しているのだ。

仕事を放棄すればランクが下がるのはもちろん、ギルド内で嘲笑《ちょうしょう》の的《まと》になるだろう。「あいつは仕事を投げ出して逃げた」と。

そうなれば、ランクどころか傭兵《ようへい》としては終わったも同然である。

自分の命と天秤《てんびん》にかけようと、容易《たやす》く引けないのがこのクラスの傭兵《ようへい》というものだった。

それを知っているだけに、レインは余計な説得をせず、だらりと下段に魔剣を構えた。

「——来いっ」

「一斉にかかるぞ、いいか！」

「わかった」

「よしっ」

言下《げんか》に、三名の傭兵《ようへい》が同時に動いた。

左右と正面からの同時攻撃で、レイン一人に三人が殺到《さっとう》する。

右手の男が最も足が速く、既に頭上に剣を構えていた。

「死ねえっ」

しかし——棒立ちだったはずのレインはすっと身を沈め、長身をしならせて背中から後ろへ跳《と》ぶ。

その際、右手に持った魔剣を片手のみで振り切り、横から躍《おど》り込んで来た敵に斬撃《ざんげき》を浴びせた。

またしても悪夢のような青い半円形の軌跡《きせき》が虚空《こくう》に残り、一瞬で喉《のど》を裂かれた男が、その場で派手に仰《の》け反《ぞ》る。血飛沫《ちしぶき》が盛大に飛び散り、石床に倒れた時には既に全身を痙攣《けいれん》させて死んでいた。

しかし、レインはもう次の動作に移っている。

剣を右手に持ったまま、左手のみで身体を支えてバック転の要領で一回転し、直立状態に復帰している。そこへ、正面から斬りかかってきた敵が、勢いを殺さずにそのまま突っ込んできた。

さすがに下位の傭兵《ようへい》とは違い、レインのアクロバットな動きに呆然《ぼうぜん》とせず、むしろチャンスと見たのだ。

「どうだっ」

「むっ」

心臓目掛けて突き出された長剣の先が、レインの目にはひどく巨大に見えた。それでも反射的に右手が動いて下方から敵の剣を叩《たた》き上げ、返す剣で空《あ》いた胴《どう》を存分に薙《な》いでいた。

ここまで、三人が同時に殺到《さっとう》してきてから、コンマ数秒しかかかっていない。

しかし、眼前の敵がその場に頽《くずお》れた途端、まるでその陰に隠れていたかのように、最後の男が突進してきた。

同じ傭兵《ようへい》であるレインには、彼の考えが手に取るようにわかった。

……たとえ一流の剣士であろうと、斬撃《ざんげき》を放った直後には、必ず僅《わず》かな隙《すき》が生じる。次の攻撃のために剣を引くか、あるいは返す剣で斬るため、素早《すばや》く両手を返すか——状況によって違いはあれど、大なり小なり『僅《わず》かな間《ま》』が生じてしまうのだ。

連続で必殺の斬撃《ざんげき》を放つには、どうしても避けられない隙《すき》である……普通なら。

経験上、それを十分過ぎるほど知っているだけに、男の目は既に勝利を確信していた。

「最後に油断したな！」

しかし、レインは剣を振り切った姿勢のまま、ぽつんと告げた。

「いや、おまえの負けだ」

「馬鹿を吐《ぬ》か――」

叱声《しっせい》の途中で、そしてまさに今、剣を振ろうとしたその姿勢のまま――彼は気付いた。

こいつ、手に何も持ってない！

まさにその時その瞬間、男の逞《たくま》しい身体がぎくんと強《こわ》ばった。

頭上から落下してきたレインの魔剣に、首筋を貫かれたのだ。

それでも男は、ぶるぶる震える手で斬撃《ざんげき》を放とうとしたが、途中で力尽き、前のめりに倒れてしまった。

何も持っていない両手を戻したレインは、前進して自分の魔剣を敵の身体から引き抜き、一度大きく振って血糊《ちのり》を落とす。

奥の巨大なテーブルの向こうにいるバルダーを見やり、低い声で告げた。

「あとはおまえと――どこかに潜《ひそ》んだもう一人のみだな」

後は口を引き結び、ゆっくりと歩き出す。

「ノ、ノースっ。早く何とかしろっ。どうして動かない！」

ごわごわの髪《かみ》を振り乱し、バルダーが太った身体でよろよろと後退する。胸元に付けた大きなナプキンを、外すことさえ忘れていた。

レインを見る目は恐怖のためか、涙が浮かんでいる。

『なるほど……二人目を倒した瞬間、君は振り切った魔剣を上へ投げていたわけだ……最後の傭兵《ようへい》は、倒れる寸前の味方が邪魔になって、それを見過ごした』

突然、死体だらけの広間に、声が響いた。

『でも、普通は使わないような手だねぇ。練習したってやれるようなモンじゃないだろうにさ』

ただし、レインが見渡しても、それらしき人影はいない。ここにいるのは、あくまでレイン本人とバルダーのみである。

声の反響も妙な具合で、この殺風景《さっぷうけい》な広間のどこから聞こえてくるのか、まるで特定できない。

「ノース、しゃべってる場合か、早くっ」

地団駄《じだんだ》を踏むバルダーを無視して、さらに声が続ける。

どこか気怠《けだる》い口調であり、聞いていたレインは眉《まゆ》をひそめた。

『北部地方にいた頃、よく噂《うわさ》を聞いた。もちろん、あくまで噂《うわさ》だけだけどね。信じられないような凄腕《すごうで》の、黒衣の傭兵《ようへい》がいるらしい……しかも、少年だ。彼はどこかの土地に腰を落ち着けた試しがなく、何か武勇を見せても、すぐにその地方から去ってしまう。だから、誰もその戦士の正体はおろか、名前すら知ることができずにいるそうだよ。——ああ、ようやく巷《ちまた》に流布《るふ》するあだ名を思い出した』

どこか感心したように、その声は続けた。

『知られざる天才剣士……君は、今でもそう呼ばれているはずだ』

「なんだとっ。それは事実かノース！」

バルダーが目を見開いて派手に震えたが、声はまた無視した。

『しかし、君が本当に普通の人間なら、今はもう少し大人になっているはずだけど？　妙だな……その姿は、噂《うわさ》に聞いた当時の少年のままだ』


「あいにく、人違いだ」


なおもじわじわとバルダーに接近し、レインは素っ気なく言い返す。

「噂《うわさ》には尾ひれがつくものだ。それに、元々が名無しの誰かを指した伝説のようなものだろう。俺とは関係ない」

『そうかなぁ？　僕の勘《かん》は君が本物だと告げているんだけどな』

「何度も言わせるな、人違いだ」

ついにテーブルを回ってバルダーの前に立ち、レインは声を励《はげ》ました。

「それより、どこかに隠れているなら出てきたらどうだ？　早くしないと、こいつは死ぬぞ」

「そ、そうだノースっ。いい加減に遊ぶのはやめろっ」

レインと一緒になって、バルダーはまたがなり立てた。

しかし、気怠《けだる》い調子の声が、淡々と言い返す。

『もう君の面倒は飽《あ》きたよ、バルダー。君に文句を言われ続けるのも、君が手当たり次第に女性を犯す場面を延々と見せられるのも、もうご免《めん》だ。最後の瞬間くらいは、自分の手で戦ってみたらどうかな』

「な、なんだと――わしを見捨てるつもりかっ」

『うん。悪いけど、ぐうたらな僕にも最低の基準があってね。これまで守ってあげたんだ……恨《うら》まれる筋合いもないと思うんだけどな』

その瞬間のバルダーの動揺ぶりは、見ていたレインですら意外だった。よろめいた挙げ句に尻餅《しりもち》をついてしまい、頬《ほお》を痙攣《けいれん》させている。

しばらく見ていたが動く様子がないので、レインは近くの死体から剣を取って、投げてやった。

「俺はつい昨日、『無駄な戦いなど回避して、さっさと逃げろ』とある少年に説いた。しかし、逃げるべきではない場合も、もちろんあるだろう。おまえにとっては、今がそうだと思う。戦うべき時に逃げてしまうと、後が辛《つら》いぞ」

しかし、レインの説得など聞こえないかのように、バルダーはノースとやらの名前を呼ぶだけだった。

剣に手を伸ばすことさえ、しなかった。

「……そうか、残念だ」

無造作に魔剣を一閃《いっせん》させ、レインはバルダーを倒した。

ただし、剣の峰《みね》部分で額を打ち、昏倒《こんとう》させたのだ。

再び見えない誰かに語りかけようとしたその時、広間が大きく揺れ、轟音《ごうおん》が轟《とどろ》いた。

レインがゆっくりと振り向くと、クレアがレスター達を引き連れ、下から浮上してきたところだった。どうやら下の階から天井《てんじょう》を破壊して、最短距離で来たらしい。

仲間の十数名は、全員クレアが一緒に浮上させ、そっと床に降り立っていた。

「……階段を使わずに来たのは、妨害《ぼうがい》があったからか？」

「そう、結界がありました。破ることも可能ですが、こちらの方が早いと思いましたので」

クレアは小さく頷《うなず》き、急いで広間を見渡す。

続いてレスター達も身構えて左右を眺《なが》めていたが——真っ先にレスターが呟《つぶや》いた。

「うわぁ……もしかして、一人で全部片付けた？」

「いや、まだだ」

レインは端的に答え、昏倒《こんとう》したバルダーの身体を見つめる。

「まさか、最後まで出ずに済ませるわけじゃないだろ？　そろそろ姿を見せたらどうだ、ノースとやら」

『うん。まあ、そうするしかないね』

「この声っ」

「ど、どこから！」

クレアとレスターの声が重なったが、レインは振り向かずにバルダーの様子を見る。

すると、やがて彼の影が揺らいだかと思うと、まるで水辺から顔を出すように、一人の少年が顔を覗《のぞ》かせた。

そいつはバルダーの影からじわじわと姿を現し、一分もしないうちに少年の姿となった。

レインと同じく黒い瞳《ひとみ》だが、ただ髪《かみ》は銀髪《ぎんぱつ》である。

男にしては長い髪《かみ》を左右に分けているが、これはむしろ、手入れをサボった結果のように思える。

なぜなら、少年の顔は声と同じくひどく気怠《けだる》い表情を浮かべており、秀麗《しゅうれい》といってもいい顔立ちなのに、どこかだらしなく見えたからだ。

地味なシングルスーツ姿の彼は、一見して地方貴族の子息のようにも見えるものの……もちろん、本当にそうなら人の影から登場するはずがない。

「おまえがノースか」

「うん……まあ、あだ名だけどね。北方から来たんで、ノース。バルダーの適当な命名だよ。でも自分でも割と気に入ってるんだ」

途中で足音がしたのでレインが振り向くと、険しい表情を見せたクレアが、隣に並ぶところだった。

「この彼……魔人ですね」


『――ええっ!?』


無理もないが、クレアの仲間が全員、驚愕《きょうがく》の声を張り上げた。

元来、魔族を狩るための組織である。たちまち全員が抜剣《ばっけん》し、殺気を迸《ほとばし》らせてレインの周囲に集まってきた。

「覚悟はできているよ」

ノースは疲れたように呟《つぶや》くと、バルダーのそばから離れ、レインの前に立った。

「でも、斬るなら君にしてくれ。僕は君と出会ったことで、逃げ回るのを止《や》める決意をしたんだからさ」

「クレア、少し待ってほしい」

前へ出ようとするクレアやレスターを手で押しとどめ、レインは尋《たず》ねる。

「これは俺の予想だが、おまえはバルダーに匿《かくま》われていたのか？」

「その通り。……僕は長い長い間、この世界で生き続けて来た。でも、魔族の血とは因果なもので、どこに隠れ潜《ひそ》んでいても、必ず誰かが僕の生活を煩《わずら》わせるんだ。魔族に敵対するそこの女性のような組織はもちろん、逆に魔族を崇《あが》める妙な人達まで、それこそいろんな人がね」

「魔族を崇《あが》める――古き敵ですかっ」

クレアの声に、ノースは微《かす》かに頷《うなず》く。

「君達はそう呼ぶらしいね。いずれにせよ、僕はどちらに関わる気もなかったよ。確かクレアだっけ？　君にも少し言ったけど、僕の望みは大したものじゃない。誰の邪魔もせず、誰にも迷惑をかけず、平穏に自分の殻《から》の中に閉じ籠《こ》もることなんだ。魔族の世界じゃそれが無理だったから、僕はこっちに逃げてきたんだよ。なのに、こちらでも僕の望みは叶《かな》わなかった……結局、最後には必ず誰かが僕の平穏を破ってしまう」

「いかに望もうと、他者と関わらずに生きていくのは不可能だ。人生を捨てる覚悟だとしても、完全に内なる世界に閉じ籠《こ》もって生きることなど、できはしない」

レインはそう呟《つぶや》き、魔剣を鞘《さや》に戻した。

「俺も同じことを考えたことがあるが、無理な望みだと知るべきだな」

「……君、きっとカリスマタイプだと思うな」

どういうわけかノースは、無駄に感心して唸《うな》った。

「君に言われると、世界の真理を聞いた気分になるよ……僕の方が絶対に年上なのにね」

「それより、俺の推測をもう少し語ろう」

相手にせず、レインはノースを見つめた。

「おそらくおまえはあちこちを転々とした挙げ句、最後にこの国へやってきた。そして、バルダーに目を付けて彼の庇護《ひご》を得ようとしたんだ。……庇護《ひご》というより、仮の宿をあいつに求めたというべきか。実際、まさか暗君として名高い国王に、魔人が取り憑《つ》いているとは誰も思わない。バルダーが暗殺を恐れて外へ出ないのも、おまえにとっては有利に働いた」

「誰かの影に潜《ひそ》むと、長期的には本人に絶対気付かれてしまう。だから、バルダーの了解が必要だった」

ノースは暗にレインの推測を認めた。

「僕の素性を丁寧《ていねい》に説明して力も見せてやると、バルダーは喜んで承諾してくれたよ。自分の護衛と引き替えにね。お陰でこの三年の間、僕は彼の影に閉じ籠《こ》もり、誰の訪問も受けずに平穏に暮らせた。……たまにバルダーのやりようにうんざりしたこともあるけど、今までは何とか我慢《がまん》してきたんだ」

「我慢《がまん》とは都合のよい言葉ですね」

クレアが怒《いか》りを含んだ声で初めて口を出す。

「バルダーの施政《しせい》を詳細に調べたら、目を背《そむ》けたくなるような事実が幾《いく》らでも出てきました。自分に従わない廷臣達への拷問《ごうもん》と処刑、それに領地を持つ騎士や貴族達の追放――最後は自分の周囲を傭兵《ようへい》で固めるしかないほど、彼の元から人材が離れてしまった。たった一人で全てを支配しようとした挙げ句、最後はこの有様《ありさま》です。貴方《あなた》に責任がないとは言わせませんよ」

「それと、女への拷問《ごうもん》と乱暴もだよ」

珍《めずら》しく、レスターが頬《ほお》を膨《ふく》らませて憤《いきどお》った表情を見せる。

「美人と見れば城へ連れ込み、犯して飽《あ》きたら殺す……おまえ、それを間近で見ていて、なんとも思わなかったのかよ」

「醜《みにく》いとは思ったけど、バルダーは僕のいた世界から見れば、まだ全然マシな方なんだ。彼の欲望は直線的で、むしろわかりやすい。今の僕なら、それも言い訳に過ぎないとわかるけどね」

疲れたように両手を広げ、ノースは言ってのける。

「魔族の世界じゃ親が子供を殺し、子供が親を殺すなんてのは日常茶飯事《にちじょうさはんじ》だし、殺し合いなんかそれこそ山のようにある。出生した子供の九割以上が一年以内に死ぬと聞けば、その凄《すさ》まじさが君達にも理解できるかもしれない。あそこは弱肉強食だけが世界を支える論理で、それ以外の基準などない。この世界にレイグルのような高潔な魔族が来ていることは知っているが、彼のような人は、砂漠で砂金一粒を見つけるようなものかな。それを言うなら、ああいう世界を嫌って逃げ出す僕も魔族の例外だけど」

「レイグルが高潔ですか」

眉《まゆ》をひそめるクレアに、ノースは平然と頷《うなず》く。

「高潔な人だと思うね。なぜなら彼は、自分の欲望のために戦っているわけじゃないから。動機を聞いたわけじゃないけど、推測はできるさ」

「貴方《あなた》の言い分はわかりましたが、でも――」

クレアがまた決然と前へ出ようとしたので、レインは今度は彼女とレスターの腕を掴み、後ろへ下がった。

「ちょっと待っててくれ、ノース」

奇妙な魔人にはそう断りを入れ、クレアに持ちかける。

「あいつは、情報源として使えそうじゃないか？」

「……まさか、味方にするつもりですか？」

焦点《しょうてん》を結ばない薄赤い瞳《ひとみ》が、この時ばかりは呆《あき》れたように見えた。

「それはこれからの交渉次第だが、ノースはもう死を覚悟している。今ここで斬るのは簡単かもしれないが――」

「簡単なのは、君が相手の時だけだよ、レイン」

離れて話していたのに、ノースは普通に指摘した。相変わらず、気怠《けだる》い声音《こわね》で。

眠そうな目であくびなどしていたが、しっかり聞こえていたらしい。

「僕は君が相手だから、一切の抵抗をせずに、全面降伏する決心をした。君の魂《たましい》の輝きに屈したと言ってもいい。だから、君には黙って斬られよう。だけど、他の人にまで容易《たやす》く殺される気はないな。そこは、主張しておく」

レインは横目でノースを見たが、特に驚きもせずに訂正《ていせい》した。

「――俺が斬るのは簡単だが、それで俺達が何かを得るわけじゃない。ノースに罪がないとは言わないが、バルダーにできないことが、あいつにはできるかもしれない」

「罪を償《つぐな》わせることができる……そう言いたいのですか？」

「そうだ」

レインは大きく頷《うなず》く。

「繰《く》り返すが、あくまで説得はこれからだ。しかし、もしもあいつが俺達に協力する気がありそうなら……チャンスをやればどうだ？」

「レインは、あいつが邪悪な存在じゃないと思うのかい？」

レスターが不思議そうな顔でふいに訊《き》いた。

心底疑問に思っているようであり、まっすぐにレインを見つめていた。

「人間と魔族だぞ？　会ったばかりで判断できることじゃない。ただ、少なくともあいつは、俺達に歩み寄ろうとしているんだ。そんなヤツでさえ自分達の味方にできないなら、この先世界を変えることなど不可能だとは思う」

レインはきっぱりと言った。

いつしか二人の周囲には仲間の人垣《ひとがき》ができていたが……全員、困惑した表情でレインとクレアを見比べていた。

クレアはしばらく考え、レインを改めて見た。

「もしも、私がどうあってもあの人を倒すべきだと言ったら、貴方《あなた》はどうします？」

「組織のリーダーは俺じゃなくてあんただ、クレア。完全に行く道が分かれたと思わない限り、俺は基本的にはあんたの意見に従う」

「さっきから思ってたけど、君達は似合いの恋人同士に見えるよ」

またノースがとんでもないタイミングで口を出した。

しかも、今の会話の内容に全く関係がなく、レインは顔をしかめた。

「もちろん、お世辞《せじ》で言ってるんじゃない。美男美女——いや、美少年と美少女で、お似合いだと思うな」

そちらを見もしなかったものの……クレアは微《かす》かに頬《ほお》を染めた。

茫洋《ぼうよう》とした瞳《ひとみ》をレインから逸《そ》らし、「では、彼を説得できるかどうか、試してみてください。返事をするにしても、それからです」と告げた。

途端に、周囲の仲間が大きく息を吐《は》く。

なぜか全員、ほっとしているように見えた。

レインはようやく微《かす》かに口元に笑みを浮かべ、言った。

「努力してみる」

そのまま踵《きびす》を返してノースの前に立つと——この老成した少年は、随分《ずいぶん》と情けない顔でレインを見た。

「やれやれ……なかなか楽には死ねないようだね」

「今まで散々楽をしてきただろ？」

特に同情もせず、レインは言ってのける。

「話は全部聞いていたようだから、ずばり訊《き》く。俺達に協力する気はあるか？」

しばらく俯《うつむ》いていたが、やがてノースはレインが感心するほど深々と長いため息を吐《は》き出し、顔を上げた。

諦観《ていかん》の思いが、血色の悪い顔一杯に広がっていた。

「こう見えて、僕は一応、決心したことはやり遂《と》げる方なんだ。さっき君の戦いぶりを見て、僕は君に自分にないものを感じ、降伏する気になった。……だから、最後まで従うよ」

渋々《しぶしぶ》言ってのけた後、そっと付け加えた。

「でも、せめて個室だけは与えてくれよ。僕は、ひどく人見知りする方だからね」

「奇遇だな、俺もそうだ」

レインは大真面目《おおまじめ》に答えた。

第四章　魔を崇《あが》める者達

サンクワール軍とその同盟国は、今もなお、シェラザード山脈付近に滞陣《たいじん》を続けている。

当然ながら、上将軍《じょうしょうぐん》のレインも同じくその地に釘付《くぎづ》けになっているのだが……他国からは、そろそろ苦情も出始めていた。

もちろん、サンクワールに対する苦情ではなく、レイファンに対する苦情である。

先のシェラザード山脈の戦いでは一応の勝利を収めはしたものの、今のところ、特に恩賞が出たわけでもないし、勝利とはいえ、レイグルは未《いま》だに国境線から引かない。

それどころかレイグルは、国境付近に急造の砦《とりで》を幾《いく》つも建て始めているほどだ。

すぐに攻めかかるわけではないが、その気があるのは確実だった。

砦《とりで》の建造は、補給線の確保を目的にしているのだろう。

よって、凱旋《がいせん》などしている雰囲気《ふんいき》ではないし、勝利に酔《よ》えるような状態でもない。

それどころか、レイファン以外の各国にとっては、この勝利にはなんら得るものがなかったとさえ言えるかもしれない。

サンクワール陣中にある指揮所《しきしょ》は、一度魔人のフィランダーによって破壊されたが、レインの命令ですぐに新たな木造小屋が完成し、今はそこがシェルファの寝所兼指揮所《しきしょ》となっている。

レインとシェルファ、それにたまたま呼ばれていたシルヴィアは、ちょうど尋《たず》ねてきたギュンターの報告を受けているところだった。

忠臣たる彼は、主人であるレインの傍《かたわ》らに一人だけ立ち、恭《うやうや》しい態度で報告を続けている。これでも、最初に跪《ひざまず》こうとしたのをレインが止めたほどだった。

「面と向かって軍師ケイに不満を表明したのは、ポートフォリスのアイゼン殿です。彼は、『援軍に駆けつけた身だが、最近のレイファンの態度は不審だ』などと、はっきりと申し出たそうです」

「翻訳《ほんやく》すると、『追い出すのを手伝ったのに、礼もナシかい！』という苦情だな」

身も蓋《ふた》もなくレインは指摘した。

真っ昼間から堂々と酒のグラスを呷《あお》り、顔をしかめる。

「とはいえ、アイゼンが愚痴《ぐち》りたくなるのもわかる。同盟と言ってもあくまで応援なんだから、金銭なり食料なり、何か渡すべきだろうに」

「あと、これはサンクワール軍の陣中からですが、エレナ殿が『いつ帰れるのかしらっ』と苛立《いらだ》っているようですね。ただし、もはやエレナ殿に付き従う貴族兵士はごくわずかになって周囲に当たっているので、大した影響はありませんが」

エレナって誰だ――と言いかけ、さすがにレインも思い出した。

場違いにも馬車《ばしゃ》で最後尾からついてきていた、エレナ・フェリシア・ハルトゥールである。

「いたのか、あいつ。すっかり忘れてた」

薄情この上ないセリフを吐《は》き、レインはギュンターを見やる。

「戦場でも見かけた試しがないぞ」

「後陣の一番奥にいたからではと拝察」

ギュンターは平然と答えた。

「何度か戦闘に参加して、きわどい場面があったので、以後はあまり前へ出たくないようです」

「そんなの、放っておけ」

あっさりと言い放ち、レインは肩をすくめる。

「あいつのことはラルファスに任せよう。目に余るようなら、止めるように言うさ」

さりげなく、この場にいない友人に押しつけた。

「御意《ぎょい》。――では、あと一つだけ」

ギュンターはそう断りを入れ、彼にしては珍《めずら》しく、微妙な表情でレインを見た。

「どうした？　ついにできちまって、結婚でもするのか？」

レインが笑みを含んで促してやると、レインの向こうを張るような黒マント姿の彼は、無表情に言い放った。

「私は生涯《しょうがい》、独り身を貫く所存です故《ゆえ》、違います」


「きゃあっ」

「まあ」


なぜか固唾《かたず》を呑《の》んで二人のやりとりを眺《なが》めていたシルヴィアとシェルファが、二人揃って口元に手をやる。偶然《ぐうぜん》にも、動作がぴったりと一致していた。

レインが思うに、ギュンターは彼なりに冗談《じょうだん》に対して冗談《じょうだん》で返しただけだと思うのだが……しかしこいつに限っては、本気の可能性もあった。

なにしろギュンターは、私用と言えば少ない休みに必ず訪れる場所があるくらいで、後はほとんど城内か戦場で過ごしているのだ。それも、先の私的な活動以外は、全てレインのために時間を割《さ》いていると言ってよい。

レインとしても、ギュンターに対しては報《むく》いてやりたいところだった。

「気が変わって婚活《こんかつ》する気があるなら、俺が知り合いの美人を紹介してやるが？」

「いえ、先程申し上げた通り、私は結婚する気が皆無《かいむ》ですので」

珍《めずら》しく、きっぱり断られた。

「そうではなく、ご報告したかったのは、少年の姿を持つ黒衣の彼のことです」


「レインっ」

「レインですね！」


シルヴィアとシェルファがまた声を揃えた。

対してレイン自身は渋面《じゅうめん》になり、不機嫌に息を吐《は》いた。

「野垂《のた》れ死んだと思ったら、生きてたのか、あいつ」

「生きてたどころの騒ぎではありません。今やバルザルグの王都ファンティーヌを、完全制圧しています」

途端に、またしても女性陣二人が真っ黄色な声を張り上げた。

シルヴィアにせよシェルファにせよ、普段はそのような声を出すタイプの女性ではない。しかも、今の報告が本当なら、得体の知れない組織に身を投じたガキが、国をかすめ取るという立派な事件なのだ。

大喜びしてどうするのか、とレインなどは思うわけである。

「だいたいあそこはおまえ、俺がいざという時に盗《と》ろうと思って、目を付けてたんだぞ」

レインは、つい本音を洩《も》らしてしまう。

あたかも夕飯を横からかすめ取るような気安さで愚痴《ぐち》り、とにかくギュンターを促してやった。

「詳しく話してくれ」

「詳細については不明な点もございますが」

そう断りを入れ、ギュンターはつぶさに報告した。要領よく淡々と、少年がクレア達をけしかけて、どのようにしてバルザルグの王都に侵入し、マイエンブルク城を落としたのか……わかりやすく説明してくれた。

ただし、この時点でノースの存在はまだクレア達以外には知られておらず、ギュンターの説明でも彼の名前は出て来ていない。

あくまで制圧された側の、城内の残留兵士が情報元の事実ばかりである。

「人が唾《つば》つけてたのに、厚かましいヤツだ。死ねっ」

相手が相手なので、レインは思うさま暴言を吐《は》いた。

「将来、ロクな大人にならんな、あいつは」

ついでに本人をこき下ろしたものの、シルヴィアとシェルファが満面の笑みで頷《うなず》き合っているのを見て、気が差して愚痴《ぐち》るのをやめた。

「あそこのぐーたら王……確か、バルダーか？　ヤツはどうなった？」

「そのまま、放免となりました」

無言で見つめるレインに対し、ギュンターは補足した。

「詳しいことはわかりませんが、クレアの名前で『この者の裁きは、庶民に任せます。彼のこれまでの施政《しせい》が正しいなら、その行いが彼自身を救うでしょう』という布告付きで、城外に放り出されました」

「賭《か》けてもいいけど、それは絶対にレインの——」

レインの顔を見て、シルヴィアは途中で言い直した。

「——いえ、あの少年の入れ知恵ね。謀殺だと思われるのを避けたんじゃない？　あるいは、その王様が這《は》いつくばって命乞《いのちご》いしたか」

「レインは優しい人ですから！」

シェルファが熱心に賛同する。

「悪知恵ばかり働きそうな野郎だったからな。……で、バルダーはどうなった？」

返事は予想できたが、レインはあえて尋《たず》ねた。

「城門を出て五分としないうちに民衆が襲いかかり、落命しました」

「……城内で斬っておけばいいのに、エグいことをする。これだからクソガキは」

もはや合いの手のように罵倒《ばとう》を入れ、レインはいよいよ顔をしかめる。

火に油を注ぐように、さらにギュンターが続けた。

「マイエンブルク城を完全制圧した直後、クレア達は時を置かずに国庫を接収し、莫大《ばくだい》な金銭を王都の住人に分配しました。――さらには城の底を払うようにして、蓄《たくわ》えてあった穀物をも住人に分け与えたそうです。そのせいか、国内では今回の突然の国主交代に対し、不平を鳴らす声が全く出ていません」

「うわ……またあくどい策を。どうせそれも、あのガキが考えたな。ロクな死に方せんぞ」

いよいよ不機嫌に首を振ったが、すかさずシェルファが「レインも同じことをしそうな気がしますわ」などと、嫌なことを述べた。

実際に考えそうな手なので、レインにとってこれほど腹の立つことはない。

「本当ねぇ……レインなら、そういう策を使いそうな気がするわ。もちろん、お金と食料をばらまく作戦だけじゃなくて、空から侵入するという手段も含めて」

トドメを刺すようにシルヴィアが述べ、「レインはやっぱりレインね」とわけのわからないセリフまで付け足した。

「ここはアレか、あのクソガキの味方ばかりか」

唸《うな》るように呟《つぶや》いたレインは、ギュンターが微《かす》かに頷《うなず》くのを見た。

レインとしっかり目を合わせてであり、これは『内密でご報告があります』という意味である。

聞かれてまずい相手がいる場合、時にギュンターはこういう合図を出す。

気付いたのはレイン一人だったが、今回は何となく嫌な予感がした。


報告を終えて退出したギュンターの後を追うように、レインもしばらくして指揮所《しきしょ》から陣中に出た。滞陣《たいじん》する場所を少し離れると、桜の老木が群生する場所がある。

馴染《なじ》んだ気配を追って行くと、ギュンターはひときわ枝振りのよい木の傍《かたわ》らに立っていた。


「――恐縮です」

「いや、おまえが自分のわがままで俺を呼び出すようなヤツじゃないのはわかってる。何かあったのか？」

「以前、王都リディア内に潜《ひそ》んでいたクレア達が、襲撃《しゅうげき》を受けた件をご報告したと思いますが」

「覚えてる、もちろん」

レインは即答した。そう以前のことでもなく、感覚的にはザーマインとの大戦の直前くらいだったはずだ。

「誰が襲ったのかは不明だが、クレア達は組織の幹部だったじーさんまで殺されたんだ。どうも、かなりの手練《てだ》れだったようだな」

「そのようです。……クレア達は『古き敵』と呼んでいるようですが」

無言で問いかけるレインに対し、ギュンターは淡々と続けた。

「王都にいる部下からの報告では、その古き敵が、これまでよりも公然と王都で活動を始めたようです」

「破壊工作でもやってるのか？」

「いえ。以前のように『姫王《プリンセスロード》は魔人である』という噂《うわさ》を漫然と流すだけではなく、具体的な証拠を提示し始めているのです」

「……そんなものがあったか？」

「以前、サンクワール城内で姫王が、夢遊病者のように城内を彷徨《さまよ》ったことがあったはず。その時の別人のように見える姫王の姿を、街路で庶民に公開しているらしく」

レインは思わず顔をしかめた。

マジックビジョンのようにリアルタイムで映像を相手に送るのではなく、過去の映像を再現して見せることも、高レベルの魔法使いなら不可能ではない。

ただし、本当にあった出来事を『寸分違《たが》わず完全に』再現することは難易度が高く、あくまでも『己が自分の目で見た時の記憶』を、眼前に再現するのだ。

俗に『リプレイ』と呼ばれる魔法だが、実はこれはまともな魔法使いなら忌避《きひ》することが多い。なぜなら、過去の記憶に自分の余計な主観を加えることで、いくらでも嘘の光景を捏造《ねつぞう》できるからだ。

さらに言うなら、ギュンターの報告からもう一つ嫌なことがわかる。

別人のように見えるシェルファの姿とは、つまりミシェールが彼女の表層意識を乗っ取った時のものだろう。そんな光景が再現されているというのなら、少なくともガルフォート城内には、古き敵のメンバーか、あるいはその仲間が潜《ひそ》んでいるわけだ。

さもなくば、そんな光景を記憶に留められるわけがない。

「おまえがミシェールの事件を覚えていることに関しちゃ、特に驚かんが――しかし、おまえ以外にまだあの事件を覚えていて、しかもそれを利用するヤツがいるとはな」

レインは脳裏で考えを巡らせ、顎《あご》を撫《な》でる。

「そういや、チビ宛ての手紙の山に、そっと自分達のメッセージを忍ばせたこともあったたな」

「御意《ぎょい》。この件に関しましては私のミスです」

少しも表情が変わらないように見えても、付き合いの長いレインは、ギュンターの無念の表情を透《す》けて見ることができた。

「誰の責任でもない。あえて言うなら、あのチビに関わる全員の責任だ」

レインは無駄だと知りつつもギュンターに言い聞かせ、なおも尋《たず》ねた。

「……ミシェールの意識が現れている時の映像だと言ったな？　ひょっとしてそれは、一部は真実だが、都合のよい大嘘映像に合成しているのか？」

「左様です」

ギュンターは無表情に頷《うなず》いた。

「リプレイは、自分の記憶を再現する魔法。そこに己の都合のよい想像を加える形ですね。部下の報告では、まるで姫王が強大な力を持つ魔人に見えると。見つければすぐに王都の警備隊が排除していますが、最近ではその警備隊の隊員達にも動揺が出ているとか」

「……そうか」

レインは忌々《いまいま》しいほど晴れ渡った空を仰《あお》いだ。

実際に、姫王シェルファは、ある意味では強大な力を待つ魔人でもあるのだ。

いつまでも秘密を秘密のままにしてきたツケが、今のこの事態かもしれない。だとすれば、当然ながら全ての責任は自分にあるだろう。

「頃合いかな。王都の住人に布告を出すべきかもしれない。ただ、古き敵とやらに先手を打たれたのはまずかった。隠しきれなくなって、公開するしかなくなったと思われるだろうからな」

「御意《ぎょい》にございます」

ギュンターは低い声で賛同した。

いつも冷静な彼には珍《めずら》しく、レインを見る瞳《ひとみ》は案じるような色があった。

友人兼股肱《ここう》の臣の視線を意識しつつ、レインはしばし考えを巡らせる。顔を上げた時には、いつもの不敵な笑みが唇《くちびる》に浮かんでいた。

「布告はするとしても、まずは王都の留守に暴れ腐《くさ》ったそいつらを、叩《たた》き潰《つぶ》すのが先だな」

「拠点がどこかにあるはずです。今も、部下に命じて王都中を探しているのですが」

さもありなんとレインも思う。

彼のことだから、マジックビジョン発動のための媒体を持たされた部下が、それこそ王都に山のように散っているに違いない。

「正確にわからなくてもいいんだ」

レインはさらりと告げる。

「だいたいの地区がわかれば、後は俺が辿《たど》れる気がする。向こうに凄腕《すごうで》の魔法使いなり戦士がいるとしたら、俺の目をごまかしきれるものじゃない。必ず見つけられる」

「――ご自身で向かわれるのですか？」

危惧《きぐ》するようなギュンターに、レインは穏《おだ》やかに言った。

「心配いらない。留守がバレないようにするさ。シルヴィアに協力を頼む必要があるのが、ちょっと心苦しいがな。……てところで、そろそろ出てくれれば？」

最後にレインは、ギュンターの背後にある桜の樹に声をかけてやった。

もちろん、すぐに気配が移動して、シルヴィアその人が陰から出て来た。

無表情だったギュンターが、不機嫌そうに彼女の姿を追っていた。レニなどがシルヴィアをぼうっと見る目つきとは違い、友好的な雰囲気《ふんいき》は皆無《かいむ》である。

立ち聞きされたのが気に入らないのだろう。

「……レインも成長したわねぇ。もうあたしが気配を殺しても、隠れきれないみたい」

「お世辞《せじ》に聞こえんぞ。シルヴィアが本気で隠れる気になれば、誰にも見つけられるもんか」

レインは肩をすくめ、悪びれない表情の彼女を見やる。

「立ち聞きしなくても、訊《き》けば後で教えてやるんだが」

「それは逆に言うと、訊《き》かなきゃ教えてくれないわけじゃない？　あたしは、積極的な女の子だと自負してるものね」

「じゃあ、その積極性を見込んで頼む。俺を一時《いっとき》、王都リディアに戻してくれ」

「もちろんいいけど、その場合はあたしもレインのお手伝いがしたいわね……王都で一緒に」

シルヴィアはそっと歩み寄り、微笑《びしょう》してレインを見上げた。

「その場合、ここの警備がだな――」

説得の途中で、レインはふと自陣の方に目を向けた。

見れば、レニが片腕を振り回しながら、馬で駆けてくる。ひどく慌《あわ》てた様子であり、レイン達は素早《すばや》く視線を交わした。

「びびりまくっている様子なのはよく見るが、今回はいつもより緊迫してる気がする」

「まさかまた魔人の襲撃《しゅうげき》？　でも、それならあたし達が先に気付くわよね」

「しょーぐーん！」

言ってるそばから、声が微《かす》かに聞こえた。

「ガ、ガサラムさんがっ」

「落ち着け、ガサラムがどうした？」

ようやく近くまで駆けてきたレニに、レインはゆっくりと尋《たず》ねる。とうに胸騒ぎはしているが、あえて声は平静に保った。

「さ、さっき突然、倒れて……す、凄《すご》い量の血を吐《は》いてしまって」

その瞬間、無表情だったギュンターが息を吸い込み、レイン自身は即座にレニの馬に飛び乗ろうとした。

「後ろへ乗せてくれっ」

「待って。あたしの方が速いわ！」

寸前でシルヴィアが止めた。レインはすぐにそちらに手を伸ばす。

「頼むっ」

「お先に、お二人さん！」

「あ、僕も一緒に――」

レニが慌《あわ》てて申し出たが、既に二人の姿は消えた後だった。

途中までシルヴィアに転移させてもらい、そこからはレイン一人で薬師《くすし》が待機する場所へ移った。

戦《いくさ》で怪我《けが》を負ったり行軍中に病に倒れた者は、他の兵士から離され、手当のためのテントに移される。

ガサラムは副官の一人だけに、特別に彼専用のテントで薬師《くすし》の手当を受けているらしい。

――ただ、レインはレイグルとの大戦の後にも、ガサラムの負傷を既に癒《い》やしている。

というのも、あの大戦の後半、敵将の一人が血迷って、後陣から一斉に矢を放ったことがあった。

当時、敵味方双方が混戦状態だったため、この敵将の暴挙は大勢の死者と負傷者を出す結果となったのだが――

あの時、ガサラムはセルフィーとユーリの頭上に矢が落下してくるのを見て、慌《あわ》てて二人を押し倒したのである。そばには他にギュンターもいて、彼もまた、ガサラムが庇《かば》い切れなかったセルフィーの身体の上に覆い被さった。

この二人のお陰でセルフィーとユーリは無傷で済んだが……その代わりに、ガサラムが背中と肩に矢を受け、負傷したわけだ。

ガサラムが倒れたと聞いた時、レインがとっさにあの一件を思い出したのは当然である。

そこで、ちょうどテントから出て来た薬師《くすし》を捕まえ、事情を訊《き》いてみた。

「矢傷なら、俺が治したと思うんだが」

「事実、見事に治っておられます。傷跡一つありません」

「後で俺も診《み》るが、じゃあ血を吐《は》いた理由は？」

「これが原因だと、確定できるものではないようですね」

赤い布を腕に巻いた従軍薬師《くすし》は、ほっと息を吐《は》いた。


「ただ、ガサラム様は年齢《ねんれい》も年齢《ねんれい》ですし、これまで戦ってこられたわけですから」


ひどく迂遠《うえん》な言い方に、レインは眉《まゆ》をひそめる。

「おいおい、あいつはまだそんな年じゃ——」

言いかけたものの、そのまま口を閉ざした。

自分の記憶が不確かなものであることを、レインは嫌というほど自覚している。

レインの知る常識では、ガサラムはまださほどの年齢《ねんれい》ではないということになるが……しかし、

『この世界』においては、既に老齢《ろうれい》と言っていい年代なのだ。

「煩《わずら》わせて悪かったな。あいつ、今は話せそうか？」

「少しくらいなら大丈夫かと」

「そうか……ご苦労だった」

薬師《くすし》をねぎらい、レインはテントの中へ入る。

ガサラムは組み立て式の小さなベッドに巨体を押し込めるようにして、横たわっていた。そばには小さな椅子《いす》と水差しを置く丸テーブルがあるが、他には誰もいなかった。

「おお、これは将軍」

眠っていたわけではなかったのか、ガサラムはすぐに起き上がろうとした。

「いい、寝ていろ」

レインは急いでガサラムの背中を支え、元通りに寝かせてやった。というのも、起き上がろうとしたはいいが、見るからに上体が揺れていて、苦しそうだったからだ。

「言っときますが、例の矢傷が原因じゃないですぜ？」

ガサラムは、すぐにそう捲《まく》し立てた。

「ありゃ、将軍の治癒《ちゆ》でばっちり治ってます。これは周りが——特に、レニが大騒ぎしただけでね、ちょいと疲れただけですよ」

「ふむ？」

小さな椅子《いす》に座り、レインはしげしげと自分の副官を眺《なが》める。

本人の言う通り、ガサラムから感じる波動に、不自然なところはない。病人や怪我人《けがにん》なら、明らかに波動が乱れるので、レインはかなり正確にそうと察することができるのだ。

ただし、今のガサラムは……なんというか、ひどく小さく見えた。

豪放磊落《ごうほうらいらく》な態度だった、かつての警備隊長の時代に比べると、見違えるようである。今までそうと気付かなかったのが、不思議なほどだった。

そう言えば、感じる波動もいつもより弱々しい。

「……おまえも、年だからなぁ」

レインはあえてニヤッと笑い、挑発《ちょうはつ》してやった。

いつものガサラムなら、ここで「俺ぁ、そんな年じゃないですよっ」と勢い込んで言うだろうと思ったからだ。いわば、元気づけのつもりだった。

しかし……今日のガサラムはとことん妙だった。

なぜか随分《ずいぶん》と寂《さび》しそうに笑い、「そうですなぁ。人は定命《じょうみょう》の運命ですしね」などとしんみりと答えたのだ。

「おいおい、おまえらしくもないぞ。今のは冗談《じょうだん》だ、馬鹿。おまえみたいな厚かましいエロオヤジが、そんな早く枯れるわけないだろ」

「ははは」

実に気に入らないことに、ガサラムは乾《かわ》いた笑みを洩《も》らしただけだった。しかも、どこかレインを気遣うような態度に見える。

ただ、レインが盛大に顔をしかめたせいか、ガサラムは慌《あわ》てて話を変えた。

「ところで、グエン殿の方はどうですかい？　あの巨体のにーちゃんも、先の戦いで倒れたクチでしょう？」

「まぁな」

ラルファスの副官であるグエンの山賊顔《さんぞくがお》を思い出し、レインは肩をすくめる。

下っ端兵士からの叩《たた》き上げである最古参の彼も、実はあの戦いで負傷している。

グエンの場合は、ラルファスがザーマイン軍の本陣に突入する少し前に、主君の背中を守ってバトルアックスを振り回していたところ、敵の騎士に腹を刺されたのだ。

それでもグエンはすぐさま相手の首を刎《は》ね、なおしばらく暴れ続けたが……やがて、副官の負傷に気付いたラルファスの命令で、最後の突撃の少し前に、後陣へ下がった——いや、無理矢理に下がらされた。

戦《いくさ》が終わってから、レインは友人に頼まれ、グエンも魔法で癒《い》やしてやっている。

ただ、彼の場合は傷が内臓を貫くほど深く、このまま魔力による治癒《ちゆ》を加速させると、逆に身体が急速に衰弱《すいじゃく》しそうだった。

シルヴィアの意見も全く同じだったので、レインは途中からグエンに安静を命じ、自然治癒《ちゆ》を待っているところだ。ただ……ずっと付き従うラルファスによると、「傷の方はもう完治に違いないが、一向に体力が戻らない」らしい。

「幕を引く頃合いってのがあるんでしょうな、戦士ってヤツには」

レインは驚いてガサラムに注意を戻した。

「いやいや、これは俺のことじゃなくて、一般論ですよ。もっと言えば——そう、戦士とか騎士とか傭兵《ようへい》とか、そういう戦いの人生を歩んだヤツのことです」

日頃に似合わず、ガサラムはどこか遠くを見るような目つきで話していた。

「戦って戦って、戦い抜いて——そうやって張り詰めた生き方をしてると、何かのきっかけで反動が一気に出ることがあるんですなぁ。グエン殿も、随分《ずいぶん》と荒っぽい生き方してたようですからな。そこは見ててわかります」

「人には寿命があるって話に持っていきたい気なら、俺は『寿命の心配なんざ、する方が間違ってる』と言ってやるね」

レインは手を伸ばし、ガサラムの肩に触れた。

無意識のうちに己の波動を高めていたのか、ガサラムの身体が一瞬だけ震えた。

それに気付き、レインはまたそっと手を放す。

「病は気からって言うだろ？　あれは真実なんだぞ。全部とは言わんが、身体の不調も心の弱さも、多くは自分自身が招いている。不幸だ不幸だと毎日言ってれば、未来で本当に不幸になるのと同じことだ。同様にだ――」

レインはわざとらしくガサラムを睨《にら》んだ。


「……まだまだ死んでたまるかと思えば、そう簡単に死なないもんなのさ。俺を見ろ？　こう見えて、おまえの百倍は戦ってきてる。俺に言わせりゃ、おまえはまだまだひよっこだ」

「将軍から見れば、戦士の九割九分はひよっこですって」

ガサラムはゆっくりと苦笑を広げる。

「しかし……ほう……そんなことわざがあるんですなぁ。初めて聞きましたけどね……なるほど、病は気からですか。覚えておきましょう」

心持ちだが、顔色が回復していた。

「肩に触れられた時、将軍の波動とやらをまともに浴びた気がしますよ。昔、初めて会った頃を思い出したですなぁ。初対面で戦った時を、昨日のことのように覚えています。あの時の俺は、本気で震えたですよ。こと戦いの道に関しちゃ、天才なんているはずないってのが、俺の信念でしたからね」

疲労してきたのか、ガサラムの声は少し低くなっていた。

「……あんたは、あの頃となにも変わらない。当時も今も、俺にとっては眩《まぶ》しい限りです」

遠い昔を思い出しているのか、ガサラムは茫洋《ぼうよう》とした目つきで話す。

「野郎に言われても、嬉《うれ》しくもなんともない。馬鹿言ってないで、十分に休んで早く治せ」

「そうします」

素直に頷《うなず》いた後、ガサラムは思い出したように言った。

「あ、セルフィーとユーリには、余計なこと言わんでくださいよ。怪我《けが》は全然関係ないんですしね」

「わかってる。だが、二人を不安がらせないためにも、とっとよくなれ」

「わかって……ますとも」

眠くなったのか、ガサラムがついに目を閉じたので、レインはそっと立ち上がり、そのままテントを出た。いつの間にか、周囲にはセルフィーやユーリ、それにレニやセノアまで集まって、レインを待っていた。

レインは目で合図すると、そのままみんなを引き連れてテントから離れた。


「大丈夫なんですよね、レイン様」

陣中から少し離れた途端、セルフィーが、もう何も言わないうちから涙声で尋《たず》ねる。

「あのご老人のことだから、すぐに起き上がって来られますな？」

続いて、言葉の割には不安そうにセノアが問う。

もちろん、レニやユーリも気持ちは同じなのだろう。固唾《かたず》を呑《の》んでレインの言葉を待っているようだった。

あたかも、レインが「大丈夫だ」と言えば、もう安心できる——とでも言いたそうに。

一瞬、レインは本当にそう言おうかと思った。

「ああ、傷は治ってるし、なんてことはないさ」と。

しかし……空を仰《あお》いで少し間を置いた後、結局は正直に内心を吐露《とろ》した。

「傷は完治してるが、ありゃ本人が妙に気弱になってるな。俺も励《はげ》ましてきたつもりだが、今は少し休ませてやるのが最善だと思う」

それでも、下手をすると全員が見舞いに押しかけかねないので、レインはあえてそう言っておく。

ちょうどそこへ、またしてもギュンターがやってきたので、自然と眉根《まゆね》を寄せた。報告はさっき聞いたばかりであり、あえてまた彼が来るからには、新たに何かあったということなのだ。

事実、ギュンターはセルフィー達をちらっと見て、レインの耳元に囁《ささや》いた。

「失礼します……実は、新たな報告が入りまして」

レインは無言のまま聞き、最後まで顔色すら変えなかったが、ギュンターが離れた後は盛大に顔をしかめた。

「やれやれ、面倒ごとってのは、いっぺんに起きるもんだな」

「な、何かありましたかっ」

早速、怖じ気づいたような顔でレニが問う。

「……ちょっと悪いニュースと、物凄《ものすご》く悪いニュースと両方あるんだが、どっちが聞きたい？」

「え、えええっ」

レニはめっきり顔色が悪くなり、慌《あわ》てた様子で首を振った、振りまくった。

「正直、どちらも聞きたくないでありますっ」

「我々の立場で、そんなわけにいかないでしょう！」

セノアが怒ったように述べ、わざわざギュンターを真似《まね》てレインに顔を寄せて来た。

「当然、私は聞きますぞ。さあ、股肱《ここう》の臣の私に遠慮《えんりょ》なく打ち明けてください。遠慮《えんりょ》なさらず、余すところなく——て、きゃあっ」

突き出された耳にレインが「はあああっ」と音を立てて息を吹きかけると、セノアは嘘のような色っぽい声で悲鳴を上げた。

「な、なにすんですかあっ」

「いや、目の前に出されたし、ついな。しかしおまえ、敏感《びんかん》だなぁ」

「冗談《じょうだん》はっ——」

むっとして喚《わめ》きかけたセノアに、レインは素早《すばや》く片手を上げる。

「まあ、待て。いま話す。どうせみんなにも知れるから、もったいぶらずに教えてやるさ。まず、悪いニュースのその一は、サンクワール国内で内乱が勃発《ぼっぱつ》した」


「ええっ⁉」

「内乱ですとっ」

「そ、そんなあっ」

「あたしの家族が⁉」


レニとセノアをはじめ、レインとギュンター以外の全員が一斉に声に出した。

「そ、それはどういうことですっ」

特にセノアが、レインの間近で叫《さけ》ぶ。

「さあ？　そりゃ騒動起こしてる連中に訊《き》かないと、何とも言えんな。ただ、今のところ反乱騒ぎは王都内に限定されている。騒ぎを起こしてる中心人物は庶民ばかりで、数も全員で数百名ってところだ。とはいえ、人数はこれから増える可能性はあるけどな」

言葉もなくレインを見つめるレニ達に、レインはギュンターからその前に聞いた、王都での『シエルファ魔人説』を唱える扇動《せんどう》騒ぎを、手早く説明してやった。

「――というわけで、この反乱騒ぎも、姫様への不満が関係している。騒動を起こしてる連中が要求してるのは、姫様の退位だからな」

「た、たたたっ」

震え声で派手にどもったレニが、途中で自分の頬《ほお》を軽く叩《たた》いた。

「退位ってっ！　陛下《へいか》はまだ、国王の座に就《つ》いたばかりじゃありませんか」

「人の心は変わりやすいってことだろう。それ自体は、驚くほどのことじゃない」

元々、こうなるであろう可能性を早くから予想していたレインは、醒《さ》めた声音《こわね》で返す。

もちろん、シェルファへの疑惑自体を初めて聞く仲間は、そう簡単にはいかなかった。

「ていうかぁ、陛下《へいか》への魔人疑惑って、あたし達は初めて聞くんですけどっ」

「そりゃ、俺があえて広まらないようにしてたからだ。だいたい、その疑惑自体は、間違ってるね。今の姫様は人間だからな」

「い、今のって？」

セルフィーが遠慮《えんりょ》がちに尋《たず》ねたが、レインは「近々、正式に発表するから待ってくれ」とのみ答えた。こうなると、これ以上皆に隠すのは難しいだろうが、それにしても今ここで簡単に説明できるようなことではない。

「次に、待望の物凄《ものすご》く悪いニュースだ」

いきなりみんなの関心を逸《そ》らしてしまう。

「新たに見つかった、ゲネシスって馬鹿みたいに真っ赤な魔人が、シャンドリスの東にある空白地帯を、完全に占拠《せんきょ》しちまった」

知らない者もいるだろうから、レインはゲネシスについて簡単に教えてやった。

「どうもレイグルの知人らしいが、あいつとも上手くいってない感じだったな。……で、そのゲネシスは、よりにもよって侵略の手始めに、シャンドリスの東に目を付けたらしい。配下の翼女千匹超を率いて、そこを実効支配していたシスティン族をあーーーっという間に滅《ほろ》ぼし、シャンドリスのすぐ隣に居座ったと」

これまでシャンドリスの東側は、かつて東方より大陸に渡ってきた、システィン族という部族が治めていた。彼らは以前よりシャンドリスとは険悪な関係にあり、何度も激しい攻防戦を繰《く》り広げている。かつては、シャンドリスの北方にまで勢力圏を保持していたこともあるほどだ。

ところが今回……具体的にはつい数時間ほど前、天を真っ黒に覆うほどの翼を持つ魔人達がかの地に現れ、たちまち凶暴なシスティン族達を滅《ほろ》ぼし尽くしてしまったのだという。

「俺はゲネシスと一度やり合ってるが、そう言えばあいつは、独自行動を取るつもりに見えた。今回の占領行動が、その独自行動の一歩だろうな」

他人事のように述べたものの、もちろんレインは重要性を理解している。

レイグルと違い、あのゲネシスは手段を選ばないように見えるし、そういう危ない男がよりにもよってサンクワールから指呼《しこ》の距離と言っていい場所に現れたのだ。

今後どうなるか、予断を許さない。

「――というわけで、俺はちょっと姫様に会ってくる」

レインはさっさと話を打ち切り、待機していたギュンターを促す。

「ちょっ!?」

「お待ちをっ」

ユーリとセノアがすかさず文句を付けようとしたが、レインは先んじて振り向き、釘《くぎ》を刺した。

「言っとくが、今の話は全部他言無用だぞ。洩《も》らせば、大騒ぎになりかねんからな」

念のために言い置き、今度こそ本当にその場を立ち去った。

ガサラムのことも大いに心配だったのだが、もはやそばについていてやれそうにもなかった。

☆

ギュンターを伴って木造の指揮所《しきしょ》に戻ると、レインはシェルファを誘ってわざとゆったりとテーブルに着いた。

同じテーブルに着いた後、初めてサンクワール国内の内乱――とは言わず、「国内で少々騒動が起こった」という話をし、さらにゲネシスがシャンドリスの隣に居座ったことなどをかいつまんで報告した。

テーブルに着いたシェルファは終始、目を見張って聞いていたが、もちろんレインが口を閉ざすや否や、真っ先に述べた。

「王都リディアでわたくしの噂《うわさ》が広がっていることは、以前にギュンター様からもお聞きしました。今回の噂《うわさ》の内容は、どこまで真実なのですか？」

「リプレイで映し出した姫様の映像とやらは、はっきり言ってでたらめです」

レインはまず、そこを強調した。

「なぜなら、俺は元の光景を覚えていますし、実際にこの目で見てます。その連中が広めている映像とやらが俺の記憶と食い違う以上、明確に嘘だと断言できる。そして、今の姫様は人間であって、魔族ではない。この辺りの詳しい事情は、後でラルファスを呼んでから、ゆっくりと説明しましょう……無論、俺にわかる限りのことになりますが」

レインはまず一気に述べ、シェルファがさほど動揺していないのを見極めた後――

一人だけ壁際に立つ、ギュンターに目を移した。

「さっき、『後ほど、他のご報告を』と最後に耳打ちしたな？　まだ何かあるのか」

「ございます」

ギュンターは端的に述べると、あっさりと述べた。

「先程、陣中にこのような矢文《やぶみ》が投げ込まれました」

懐《ふところ》から折りたたんだ紙を出し、レインに差し出す。

受け取ったレインは、シェルファにも見えるように、テーブルの上にその紙を広げた。

そこには文面短く、こうあった。


『魔人ゲネシスとその配下の魔族は、聖域の地下に隠された太古の兵器を奪いに行く。先んじて奪われぬように注意せよ』


……文面は、実にこれだけである。

あと、その警告文の少し下に、聖域の簡単な地図があり、その真ん中辺りに×印があった。

「あからさまに胡散《うさん》臭いな、おい。しかも命令形と来た！」

レインは喉《のど》の奥で唸《うな》った。

「子供の描いた宝島の地図じゃないぞ。なんだこの、適当に描き散らしたような図面は。誰も、持ってきたヤツを見てないのか」

最後にギュンターを見たが、予想通りの返事だった。

「見ていません」

はっきりきっぱりと、言い切られてしまう。

「矢文《やぶみ》は、よほど遠距離から陣中に射込まれたようです。この文章自体は封蝋《ふうろう》をした封書の中に封入されていて、宛先は姫王になっていました」

「わ、わたくしですか!?」

シェルファがびっくりしたように胸に手を当てる。

「なんらかの罠《わな》か……あるいは事情を知る何者かが、純粋に親切心で伝えてきたものか」

レインは、シェルファとギュンターの双方をゆっくりと見比べる。

「それとも、その両方の理由かだが、参ったのは王都リディアに急用ができた今この時に、こんな余計な情報を得たことだな。しかも、情報の信頼性は不明ときた」

考えるうちに一つ思いつき、レインはギュンターに頼んだ。

「悪いが、ノエルとシルヴィアを呼んでくれないか。シルヴィアの方は、多分この付近で警護についてくれてると思う」

「畏《かしこ》まりました」

低頭《ていとう》してギュンターが退室すると、シェルファは待っていたようにレインの手を握った。

「……大きな問題ばかり起きてますけど、レインは王都に戻るか、それとも聖域に向かうか——とにかく、いずれかを選択するんですよね」

尋《たず》ねてから、慌《あわ》てて付け足す。

「それと、フォルニーア様の隣国に魔族が居座った件も、ありますわね」

「ありますわねじゃなくて、重要度はそれが一番高いと言うだろうな、あの女傑《じょけつ》がここにいれば」

レインは苦笑してしまう。

「とはいえ、おまえの言う通りだ。占領の件はともかく、今の重要度では王都の騒動と矢文《やぶみ》の話が先だろう。これはどちらも放置できないから、動くしかない。ゲネシスの話がデマならいいが、今回はどうもそうじゃないような気がする。なぜなら、ちょうどあいつは腰を落ち着けたところだし、この情報の内容とタイミングがよすぎる。これから攻勢に出ようとするなら、得体の知れない兵器を回収に出かけても、不思議じゃない。ゲネシス絡みの話というのが、いかにも怪しいよな」

独白したところで、レインはシェルファの視線の意味に気付いた。

少なくともシェルファが訊《き》きたいのは、そういうことではないらしい。

「そうだな……まだどちらに向かうか決めてないが。どちらに行くにせよ、今回はチビもお忍びで俺と同行するか」

「——ええっ⁉」

むしろ、正反対のことを言われると予想していたらしく、シェルファは完全に意表を衝《つ》かれた面持ちだった。

「嫌なら、何とか護衛を固めて、ここに残って——」

「い、行きます行きます、同行しますっ。なんでしたら、今すぐにでもっ」

慌《あわ》てふためき、シェルファが連呼する。

自然とレインの腕を掴んで揺すっていた。

「そうか……うん、その方がいいかもしれない。レイグルのヤツ、おまえを本気で狙《ねら》い始めた気がするからな。なるべくなら、目を離したくないんだ」

「まあ」

シェルファはレインの危惧《きぐ》とは裏腹に、輝くような微笑《びしょう》を広げた。

「わたくし、はじめてあのこわい人に感謝する気持ちになりましたわ」

「おいおい」

レインも釣《つ》られて笑ったところで、ギュンターの声が外から聞こえた。

「失礼いたします」

「入ってくれ！」

呼びかけに応じ、ギュンターの後ろからシルヴィアとノエルが、揃って顔を見せた。

「さっき別れたばかりのシルヴィアはともかく、ノエルがすぐ捕まるとは思わなかったなぁ」

ほっとしてレインが言うと、ノエルは面白くもなさそうに肩をすくめた。

「この殺風景《さっぷうけい》な場所では、ロクに散歩する場所もない。かといって悪戯《いたずら》に転移を連発して、無駄に魔力を使うのも嫌だからな。結局は、この近辺でうろうろするしかあるまい」

ついでのように愚痴《ぐち》を言われたレインは、いかにも気の毒そうな顔を作って頷《うなず》いておく。

「まあ、気持ちはわかるさ。ところで、二人に訊《き》きたいことがある」

二人にテーブルを指し示し、まずは席に着かせた。

その上で、レインは先程のギュンターの報告のうち、まずはゲネシスの話を持ち出した。

投げ込まれて間もない矢文《やぶみ》と、その文章を実際に見せてやり、ざっと二人に説明してやる。

「それで、聖域に隠された兵器の話に心当たりがないかどうか、二人に訊《き》こうと思ったわけだ。シルヴィアやノエルなら、あるいは俺達の知らない知識を持ってるかもしれないしな」

「聖戦当時、聖域には魔族の拠点の一つがあったそうよ……多分、場所もちょうどその×印？」

シルヴィアが真っ先に告げ、レインは眉《まゆ》をひそめた。

「参ったね……ということは、デマでもないのか」

「矢文《やぶみ》の内容についてはわからないけど、拠点があったのは事実ね。当時のあたしは特にそんなことを調べたことないけど、戦線を離脱した魔族の一人が、あそこから来たって白状したことがあるもの」

「誇り高い魔族が戦線を離脱だと!?」

ノエルが顔をしかめて、シルヴィアを見た。

「それは真実なのか？」

「それはほら、魔族さんだって、戦《いくさ》が嫌いな人はいるわけよ。別に誇り高くない人だって、いるでしょうしね」

睨《にら》まれても、シルヴィアはどこ吹く風で笑った。

「まあいい……仮にそれが本当だとしてだ、聖域に拠点があった話など、私は聞いた覚えがないぞ。本当にあったら、噂話《うわさばなし》くらい耳に入って来てもよさそうだろうに」

ノエルはしきりに首を振っていたが、ふと目を瞬《またた》いた。

「いや、ちょっと待ってくれ」

彼女はそのまま、何か難しい顔つきで銀髪《ぎんぱつ》をかきむしった。

「ゲネシスと聖域に関する繋がりを、どこかで聞いた気がする。どうも思い出せないが……確か、あいつの知人にまつわる話だったたと思うんだが」

「まあ……それは先々で思い出してもらうとして、この矢文《やぶみ》の内容を補強する事実が出て来たのはまずいな。いよいよ、無視できなくなった。あの真っ赤か野郎が本当に聖域に向かい、当時の拠点に埋《う》もれたままの兵器を持ち出すつもりだとしたら……座視《ざし》しているわけにもいかん」

レインがそう断言した途端、指揮所《しきしょ》の外で聞き覚えのある声がした。

というよりも、その声が騒動を巻き起こし、そのまま騒動ごと、どんどん接近してくる様子である。

「――うわ、ヤバいっ」

レインがノエルを見て口走ると、シルヴィアはいよいよ愉快《ゆかい》そうに口元に手を持っていった。

「レインのお気に入りの女ドラゴンスレイヤーは、まだ帰ってなかったのね」


「お気に入りですか!?」

「お気に入りだとっ」


珍《めずら》しく、シェルファとノエルがぴったりと息が合ったように声に出した。

「おい、そこに反応するかっ」

レインは一人で憤慨《ふんがい》した。

「普通、ドラゴンスレイヤー云々《うんぬん》の部分だろ、まず驚くのはっ」

「いいえ、わたくしはこっちの方が驚きますわ!」

「あ、そうか……それもそうだな」

憤慨《ふんがい》したように返すシェルファと、思わず頷《うなず》いたノエルの呟《つぶや》きが、またしても同時だった。

そんな二人を全く無視して、今まで壁際で立ったまま押し黙っていたギュンターが、いきなり割って入った。

「なんでしたら、私が追い返してきますが」

「いや……おまえに押しつけるのは、さすがに気が引ける」

レインは渋々《しぶしぶ》、立ち上がった。

「ああっ。ホントに今日は、次から次へと問題ばかり起きるなっ」

別にギュンターの能力に不安を覚えるわけではなく、ここは自分が追い払う方がまだ被害が少なくて済む——はずである。

そこで、他の者には指揮所《しきしょ》を出ないように申し渡し、レインは一人で外に出た。

ちょうど、見覚えのある古めかしい燕尾服《えんびふく》のような衣装《いしょう》を纏《まと》った女性が、周囲の制止を振り切って足早にやってくるところだった。

お陰で警護の兵士がどっと彼女の周りに壁を作っていて、大騒動になりかけている。

特に最後の襲撃《しゅうげき》以降、指揮所《しきしょ》の周辺を重点的に巡回していたアベルが駆け寄り、朋輩《ほうばい》のファルナと一緒に断固として通すまいとしていた。

「止まれと言うんだっ。それ以上進むなら、僕が相手になる！」

女性——アリサは一瞬、本物の殺気を帯びた視線でアベルを見やり、レインは慌《あわ》てて止めに入った。まさかとは思うが、こんなところで戦闘など始められては困る。

「やあ、アリサ！　食事の誘いに乗る気になったなら、もちろんオーケーだぞ」

以前、自分が持ちかけた話を思い出して言ったが、アベルと共に駆け付けていたファルナが、眉《まゆ》をひそめて振り返った。

「記憶違いでなければ……私の方を先にお誘いくださったはずですが？」

ええっ、と自分の背後で聞き覚えのある声がした。

どうも、人の忠告を聞かずに、シェルファがドアを薄めに開けて覗《のぞ》いているらしい。

レインはあえて振り向かず、何気《なにげ》ない顔で頷《うなず》く。

ファルナとそんな話をしたのは、遠征以前のガルフォート城内のことであり、むしろまだ覚えていたのかと驚くが――

もちろん、訊《き》き返したりはしない。

「当然、しっかり覚えているさ。俺が、女と交わした約束を忘れるような男に見えるか？」

「心底、どうでもいいわ！」

どうでもいいと言う割に肩をぷるぷる震わせ、アリサがレインを睨《にら》む。

「今日はおまえに話があって来たのではない。シルヴィアという女性と話をさせてもらう」

「いやぁ、人生はままならんもんだよなぁ」

レインはわざとらしく首を振ってやった。

「シルヴィアと話すためにはまず俺を通す必要があるんだな、これが。俺達、運命共同体なもんで」

これまた、女傑《じょけつ》同士の戦いなど始められたらかなわないので、レインは平然と言ってやった。

今度は背後で嬌声《きょうせい》の二重奏が聞こえたが、今回も無視しておく。

しれっと見返すレインと、親の仇《かたき》のように睨《にら》むアリサの視線が真っ向からぶつかったが……やがて、渋々《しぶしぶ》といった様子でアリサがずんずん歩いてきた。

大きく頷《うなず》いたレインが両手を広げると眼前で足を止め、「なんの真似《まね》だ？」とまた睨《にら》まれてしまう。

「いや、抱きついてくるのかと思ったんだが」

「……おまえと話していると、こめかみの辺りがズキズキ痛むわっ」

怒《いか》りに満ちた声と共に懐《ふところ》に手を入れ、紙切れを押しつけた。

「それを読んでみるがいい。つい先程、私に届いた矢文《やぶみ》だ」

ある種の予感を持ってレインが読むと、やはり思った通りの内容だった。

書面には、短い文面でこうあったのだ。

『魔人ゲネシスとその配下の魔族は、聖域の地下に隠された太古の兵器を奪いに行く。先んじて奪われぬように注意せよ。追記——シルヴィア・ローゼンバーグには転移の能力がある』

「私が来たのは、シルヴィア殿にお願いして、聖域まで連れて行ってもらおうとしたからだ」

説明してくれたが、レインは無視して渋面《じゅうめん》で唸《うな》った。

「これはまた……多少はニューバージョンになるのか？　これを送った謎の誰かに、やたらとむかつくが」

「どういう意味だ」

アリサは即座に尋《たず》ねてきた。

「来いよ、説明してやる」

手招きすると、実に嫌そうに指揮所《しきしょ》に入ってきた。


姫王シェルファその人がいたことに、さすがのアリサも驚いたらしいが、幸いこいつは、シェルファには礼儀《れいぎ》正しく低頭《ていとう》し、ちゃんと自分の名前も名乗った。

もっとも、ダガーのごとき視線でしきりにノエルの方を睨《にら》むので、いつまで礼儀《れいぎ》正しく壁際に立っているか、予断を許さない。

なぜならノエルの方も、「売られた喧嘩《けんか》は買ってやるぞおおっ」と言わんばかりの目つきで相手を睨《にら》み返すので、飛び散った視線の火花がいつ互いの抑制を振り切るか、知れたものではないからだ。

「言っておくが、ここで暴れたが最後、おまえは聖域まで徒歩で行ってもらうからな」

レインはまず、アリサにぶすりと釘《くぎ》を刺しておいた。

「……言われなくてもわかってるわ！　今日は自分が頼む立場なのだから、大人しくしてるっ」

歯ぎしりするような声で返す。

あまり時間をかけるとまずそうなので、レインは矢文《やぶみ》の話のみを簡単に説明してやった。

「――というわけで、俺達の元にも似たような手紙が届いているわけだ。どうもこれを出したヤツは、こっちの内情を知ってるらしいな」

「犯人の見当はつかないの？」

アリサの問いかけに、レインは肩をすくめてやった。

「候補は幾人かいるが、どれも断定するには材料が足りないね。ゲネシスを快く思わない者か、あるいはそもそも自分が兵器を手に入れるつもりなのか」

「その推測はおかしいぞ」

アリサがいきなり異議を唱える。

「私やおまえなら入手してもいいと言うのか？　あるいは、そこの魔人ならどうだ？」

「笑わせるなっ。貴様と違い、この私はどうでもいい兵器などに頼らない！」

腕組みしたノエルが顎《あご》を上げて言い返すと、二人の間の緊張が一層、高まったように見えた。もはや、見えない剣撃のやりとりをしているかのごとくである。

アリサが底冷えする目つきで言い返した。

「私が興味あるのは、ゲネシスとかいう腐《くさ》れ魔族の動向だ。兵器など興味ないっ。だいたい――」

「やかましい、黙れっ。しまいには二人揃ってこの場で脱がすぞ!!」

レインがいきなり大喝《だいかつ》すると、嘘のように場が静まりかえった。

アリサは怒《いか》りの視線をレインへと移し、ノエルの方は困惑したように目を瞬《また》いている。根は素直な性格なので、本気にしたのかもしれない。

唯一、シルヴィアが満面の笑みで「うふふ。あたしは逆に全部脱がせたことが」と余計なことを言いかけたので、レインは即座に割り込んでやった。

「とにかくっ。問題はこれを送ってきたヤツの意図に乗るか乗らないか、それだけの話だろう」

「……私は、ゲネシスとやらを追って、聖域に行く」

アリサがきっぱりと言った。

「ふん。ならば、私も行くか……少なくとも、ここに残っているより面白そうだ」

ノエルが余裕の笑みを広げ、くびれた腰に片手を当てた。

「言っておきますけど。陛下《へいか》とレインが行くなら、あたしも同行しますからね!」

シルヴィアまで自分の意志を表明してしまう。

珍《めずら》しく何も主張しないシェルファが、「わたくしは、もう一緒に行くことが決まっていますからぁ」と言わんばかりの笑顔なのを見て、早くも察したらしい。

「ならば私も行きたいですな」

ひっそりと立っていたギュンターまでが言い出し、レインは呆《あき》れて皆を眺《なが》めた。

「みんな、立場上の責任ってもんを理解しろよ。自由奔放《ほんぽう》に主張してんなって」

全員が顔を見合わせ、特にノエルが大真面目《おおまじめ》な顔で言ってくれた。

「おまえがそういうことを口にしても、あまり説得力がないな」

第五章　鏡の都市

レインの説明と「そういうわけで、今から問題の聖域へ向かうつもりだ」という宣言に対し、当然ながら、ラルファスは諸手《もろて》を上げて賛成しなかった。「今の状況で、おまえがここを離れるのはまずいだろう」と、実に常識的な意見を述べてくれた。

「おまえの言う通りだ」

レインも、殊勝《しゅしょう》に頷《うなず》いたものである。

「だが、ゲネシスの件がもし本当だとすれば、あのだいぶイカれた男が、未知の兵器で襲ってくる可能性が高いぞ。その時になって後悔しても、もう遅い」

真面目《まじめ》な顔で脅《おど》すと、散々悩ましい顔を見せた後、ラルファスはため息をついた。

おそらく謎の密書の話より、その前に話したシェルファの秘密の方に、頭を悩ませているのだろう。今いるのはラルファス軍の指揮所《しきしょ》の中——つまりは彼が寝泊まりする大テントの中だが、これが外なら、ラルファスもここまで正直に苦悩を露《あら》わにしなかったはずだ。

レインが語ったことは、突き詰めて言えば、以前ミシェールがレインに打ち明けたことを繰《く》り返したにすぎない。それでも、ラルファス本人にとっては大きなショックだったことは、想像するまでもなくわかる。

したただけに過ぎない。


「……サンクワール本国の騒動の方はどうする？」

しばらく考え込んだ後、ようやく訊《き》いた。

「本当はそちらも放置したくないが、しかし優先度から言えば、あの真っ赤っか野郎の動きの方がまずいだろう」

レインは喉《のど》の奥で唸《うな》った。

「リディアの方をおまえに行ってもらうと、今度はここが空《から》になるしな。ただ、どうせもうすぐ、俺達は否応なく本国に退却することになるはずだ」

いきなり、自分の予想を語ってやった。

「退却？　それは、レイグル王が諦《あきら》めて退《ひ》くからではないのだろうな？」

「あいつは諦《あきら》めたりしないさ。そうじゃなく、退却せざるを得ないような状況になる……考えてもみろ、各国がこのままずっとここに滞陣《たいじん》できるはずがない。そろそろ、大同盟に属さない小利口者が、各国の留守を狙《ねら》って動き出してもおかしくない」

「……例えば、テセトのカリオンなどか」

聡《さと》いラルファスは、すぐにレインの言わんとするところを察してみせた。

「ファヌージュという邪魔者が存在しない今、羊を装いつつ、裏では野獣のごとき振る舞いに及ぶカリオンには、願ってもないチャンスだろうな」

友人の指摘は、ファヌージュがザーマインと激突した最初の戦闘の時、テセトのカリオン王が、ファヌージュの留守を狙《ねら》って攻め込んだ時のことを指している。

「まあ、あれはあれで、一つの策さ。カリオンだって、どうせ自分の考えだけでやったことじゃない。レイグルにお伺《うかが》いを立ててのことだって」

「そうかもしれないが、今現在、最も油断ならないのは事実だろう」

「そうだな。実際、テセトはいつ動き出すか知れたもんじゃない。俺は仮に何もなくても、フェン達のアヴェルーンとポートフォリスのアイゼンには、引き揚げるように言うつもりだった」

「……しかし、おまえの言う通り、その兵器とやらの話が本当なら、見過ごしにもできんか」

ラルファスは諦《あきら》めたように呟《つぶや》いた。

今は軍装を解き、上将軍《じょうしょうぐん》の白い制服姿だが、グエンのことがあるのか、やや疲れているように見える。

「まあ、すぐに連絡が取れるように、ギュンターに頼んでおくよ。おまえも、副官のナイゼルに任せて、自分もちゃんと休んだ方がいいぞ」

「わかっているが、これは肉体の疲労じゃないからな。ただ心配しているだけなんだ」

暗にグエンのことを指して言うラルファスに、レインは黙って頷《うなず》いた。

ガサラムが療養中《りょうよう》のレインも、気持ちとしては実によくわかる。ただ、レインの場合は自分が動き回ることで、考えないようにしているだけかもしれない。

「なるべく早く、無事に戻ってくれよ……まあ、おまえなら心配ないと思うが」

「ああ。可能な限り、時間を掛けずに戻るつもりだ。おまえも、何かあったらすぐにギュンターを通じて連絡してくれ」

「無論、そうさせてもらう。私はおまえに関しては、無用な我慢《がまん》はしないつもりだ」

「それでいいんだ、それで」

二人の視線がしばし重なり、ようやく同時に笑みが洩《も》れた。


「さて、待望の遠征だが……なんだよ、この大人数は」

陣中の真ん中でいきなり消えるのもまずいので、レイン達はシェルファの指揮所《しきしょ》に再び集まっている。それはいいがその人数たるや、結構な大所帯だった。

レインとシェルファはまあわかるとして、そこにシルヴィアとノエル、さらには今着いたばかりのアリサまでぼさっと立っていた。

他にはメイドのリエラも目を丸くして立っているが、もちろん彼女は同行するわけではない。彼女はむしろ、レイン達の留守中はここに残り、あたかもシェルファがずっと指揮所《しきしょ》に健在であるかのように、偽装する役目なのだ。

「おまえこそ、どうして私以外に、エンジェルを呼ぶのだ」

なぜか、自分の後に続いて指揮所《しきしょ》に入ってきたドレス姿のエンジェルを見て、アリサが早速顔をしかめた。

「ああ、彼女は単に、留守の間の陣中を見ててもらうだけさ……有料で」

なあ？　とエンジェルを見やると、彼女は特徴のある青い髪《かみ》を揺すって笑った。

「そう、有料で！　レインなら無料でもしてあげるけど、まあそれだとレインが気に病むでしょうから」

そう述べると、エンジェルは軽い足取りで歩み寄り、レインの頬《ほお》に口付けした。

「お久しぶり。いつ呼んでくれるかと思ったら、結局は用事がある時しか呼んでくれないんだから、貴方《あなた》には困ったものだわ」

「気遣いのいらない関係というのが重要なのさ」

大真面目《おおまじめ》に適当なことを返し、レインも自らエンジェルの額に口付けした。

……後でなにげなく周囲を見ると、いろんな意味で女性陣からの視線が殺到《さっとう》していて、レインはわざとらしく咳払《せきばら》いなどした。

「さて、じゃあ行こうか」

「オーケー」

シルヴィアが陽気に笑い、皆を手招きした。

「レインはあたしの隣に――他の人はそれぞれ、誰かの身体に触れて、周囲に集まってね。サービスで、ついでにノエルも運んであげる」

「……仕方ないだろう？　私は一度行ったことがある場所にしか跳《と》べないのだから。聖域の中心なんて、用事もないのに行くものか」

ぶつぶつボヤきながら、ノエルはレインの肩に手を触れる。

シェルファは既にレインの左腕にしがみつき、シルヴィア自身は右腕を組んでいた。呆《あき》れた顔ながら、最後にアリサがシルヴィアの左肩に手を置いた。

「これでいいのか」

「どうせなら、笑顔で『これでいいのかしらぁ？』よ、黒衣の美人さん」

シルヴィアは微笑《ほほえ》む。

「女の子なんだから、いつも魅力的な言葉を話し、魅力的に振る舞わなきゃね」

長身のアリサは、このもっともな忠告に対し、馬糞《ばふん》の山にうっかり片足を突っ込んだような目つきをした。頷《うなず》くどころか、「こんな方法で転移できるものか？」と言わんばかりに、はっきり表情に疑惑が滲《にじ》み出ている。

しかしシルヴィアは一切構わず、ひとかたまりになった仲間を見やり、あっさり頷《うなず》いた。

「総勢五名、未知の探索に出発ね！　では、行きますか」

途端に、その場から五名全員が消失した。

先に話には聞いていたものの、エンジェルと共に残ったリエラは、思わず「ひっ」と声を洩《も》らし、その場に尻餅《しりもち》までついてしまった。

「へ、陛下《へいか》？」

囁《ささや》くように呼んだが、もちろん、もはやシェルファの姿はどこにもない。

ただエンジェルが、残念そうに床を軽く蹴って呟《つぶや》いただけだった。

「わたしも行きたかったわぁ」

……声に出した後、思い出したように尻餅《しりもち》をついたリエラを見やる。

「ねぇ、今のわたしの言い方、魅力的だったかしら？」

真剣そのものの顔で尋《たず》ねた。

☆

どちらかと言うと北部に近い聖域上空は、時間そのものが凍《こお》り付いたように音もなく、完璧な静《せい》寂《じゃく》に包まれていた。

暦《こよみ》の上では春のはずなのに、今の聖域に春の気配は感じられない。

この地を襲った突然の寒波《かんぱ》は、地平の果てまで針葉樹林が続く聖域を真っ白に染め上げ、さらには曇天《どんてん》からちらちらと粉雪まで舞っていた。

当然、気温も零下《れいか》をかなり下回り、普通の人間ならたちまち凍《こご》える。

しかし、上空に浮かんだまま金色の瞳《ひとみ》で聖域を見下ろすゲネシスは、寒そうな素振《そぶ》りすら見せていなかった。

真紅《しんく》のマントまでその場で脱ぎ捨ててしまい、いつもの真っ赤な衣装《いしょう》を夜風に晒《さら》してしまう。

もちろん、彼のそばに控《ひか》える腹心《ふくしん》のメーベも、普段の申し訳程度に肌《はだ》を覆う革服のままだ。

ただし、ゲネシスの衣装《いしょう》が真紅《しんく》を基調としているのに対し、メーベの素足を露《あら》わにした衣装《いしょう》もブーツも、さらには肩で切り揃えた髪《かみ》までもが漆黒《しっこく》だった。


「アクターの野郎め、俺の目をいつまでもごまかせると思うなよ」

聖域を見下ろしたまま、ぽつんと呟《つぶや》くゲネシスに、メーベがそっと尋《たず》ねる。

「もはや聖戦から随分《ずいぶん》と時間が経ちましたが、あの者は、まだ生きているでしょうか？　さすがのアクターも、ゲネシス様の命令を違《たが》えればどうなるか知っていたはずですし、とうに魔界へ逃げ帰って潜《ひそ》んでいるのでは？」

「生きてるさ！」

ゲネシスは明快に断じた。

「あいつのアクター《役者》ってあだ名は伊達《だて》じゃないぜ、メーベ。くっくっ」

ゲネシスは不吉な笑い声と共に言う。

「ずっと俺に対して恭《うやうや》しい態度だったが……結局あいつは、この俺をコケにする気だったはずだ。

多分、出会った最初からな。だが、俺もそれを悟りつつ、あいつを利用していたのさ。再びこの世
界を訪れた時に備えてな。つまり、今日この日のためだ」

そこで、ずっと上空で聖域を見下ろしたままだったゲネシスが、下界の一点を見つめて唇《くちびる》の端を
吊《つ》り上げる。

「よぉーし、ようやく見つけたぞ、アクター。俺のそばで長く仕えたことが、貴様の不運だったたな。

これだけ時間が経っても、その独特の『気』は忘れちゃいないいっ」

言下《げんか》に、ゲネシスは眼下に右手を突き出し、真紅《しんく》の閃光《せんこう》を放った。

流星のごとく下界を襲ったゲネシスの魔力攻撃は、聖域の一カ所に突き刺さり、大爆発を起こす。

大地に激震が走り、何かが盛大に崩れる音が上空まで聞こえた。

「見えたぞ、メーベ！　アクターをぶっ殺し、俺の人形を返してもらうっ」

「お手伝いしますっ」

とんでもない速度で聖域のある地点を目指す主人を見て、メーベもすぐさま後を追った。

☆

空から真っ赤な閃光《せんこう》が降ってきて、聖域のどこかを破壊した時、レイン達はその近くまで来ていた。別に偶然《ぐうぜん》というわけではなく、ゲネシスとメーベが長時間、聖域の上空に浮いているのを見つけ、そのそばまで接近してきただけのことだ。

午後から夜に入るまで、例の密書に印《しるし》があった部分を捜索していたが、ここへ来て初めて場所のヒントができたことになる。

「誰が俺達に密書を寄越してきたのか少しは見当がつくが、どうやらそいつは、ゲネシスの動きを正確に読んでたらしいな」

大人二人が幹の周りを囲めそうなジュラの樹の陰で、レインは一直線に下界へ降下してくる主従の姿を見上げている。

「まあ、あの赤い人（ゲネシス）だって、土地を占領してまさか手下のインフィニタス達だけで国を作ろうなんて思ってないでしょうしね」

すぐそばに立つシルヴィアが陽気に応じる。

これまで手がかかりナシで歩き回っていたのに、まるで疲れた様子がなかった。

「密書の誰かさんが、早々に諜報《ちょうほう》活動に励《はげ》んだ結果かも」

「で、結局、その密書を送ってきたのは誰なんだ？」

ノエルが興味深そうに尋《たず》ねたが、レインはもうゲネシス達を追って歩き始めていた。

というより、無言でそちらへ向かい始めたアリサを追う形だ。

「運がよければ、問題の場所で会えるんじゃないか」

ドレスの上にコートを羽織《はお》っただけのシェルファを気遣いながら、レインは明るく答える。

「多分そいつの狙《ねら》いも同じなんだろう」

「だから前にも言った通り、それだと私達の方が問題の兵器を手に入れる可能性が出てくるはずではないか——」

以前もした疑問を表明したノエルだが、もうレインは足早にその場を去った後だった。やむなく、ノエルも舌打ちして後を追う。

急ぐレインはいつしかシェルファを抱き上げていて、ノエルはますます渋面《じゅうめん》になった。

「全く……あいつは、あのなよなよ女に気を遣いすぎだ……そんな可愛《かわい》いヤツでもないし、スタイルだって大したことないのに」


レイン達が破壊現場に到着すると、アリサは既にその周囲にはいなかった。

特にこちらを待つこともなく、とっとと中へ突入したらしい——この、奇妙な空間にそびえ立つ、石造建築の中へ。

それは、人の身長程度の大きさの四角錐《しかくすい》であり、聖域全域に生い茂るジュラの樹や松などに紛《まぎ》れ込むようにひっそりと建っていた。

奇妙なのはその石造物を中心に、半径五メートルほどには樹はもちろん、ロクに雑草も生えていなかったことだ。要は完全な空《あ》き地となった空白に、この遺物が建っているのである。

ただし、今はゲネシスが破壊した直後で、建造物の上部がバラバラに砕《くだ》かれ、大小様々な瓦礫《がれき》が周囲に散っていた。

「多分だけど、普段のここは結界が張られていて、周囲の景色と同調していたんでしょうね。だから、魔獣さえもここには近づけなかったと思うわ」

乏《とぼ》しい月明かりの下でシルヴィアが周りの針葉樹林を見渡し、意見を述べた。

「だって、微《かす》かに魔力を感じるもの」

「俺もそう思うが、しかし――」

レインは、謎の建造物をしげしげと眺《なが》めて続けた。

「高さは俺の頭までしかないが、こりゃ形だけなら完全にピラミッドだぞ」

すると、レインの腕の中で夢見るような表情を見せていたシェルファが、すかさず尋《たず》ねた。

「ぴらみっどってなんでしょう？　わたくし、はじめて聞きますわ」

「――む」

レインはシェルファの好奇心旺盛《おうせい》な顔を見やり、そして、そばにいるシルヴィアやノエルを見渡した。よくあることだが、どうも普通は世間に知られていない名称らしい。

ただし、シルヴィアはただ微笑して、特に何も言わなかったが。

「ピラミッドっていうのはつまり、壊される前の綺麗《きれい》な四角錐《しかくすい》をしたこれのことさ。こういう形の遺跡を指すんだ。どこで見たのか訊《き》かれても、俺も困るけどなっ」

返事と同時に、レインはその場を蹴って軽く跳《と》んだ。

見事に四角錐《しかくすい》のてっぺん、その半ば欠けた縁石《えんせき》の部分に着地し、建造物の内部を見下ろす。

……思った通り、内部には石段が見えていて、それが延々と地下へ向かって続いている。アリサはどうも、レイン達を待たずにとっとここへ突入していったらしい。

特に内部に照明はないのだが、不思議なことに狭い階段通路内はうっすらと明るかった。ただ、あまりにも階段が長いせいか、先は全く見通せない。

遥《はる》か先は闇が塗りつぶしたように真っ黒のままだ。

レイン達とは違い、ゆっくりと浮上してきたシルヴィアとノエルも、それぞれ目を見開いて下を眺《なが》めていた。

「これ、深いわよ？　おそらく何百メートルも下降してるわ」

シルヴィアがそう言った途端、ノエルがわくわくした声で宣言した。

「面白そうだ。よし、私が先行しようっ」

言下《げんか》に翼を広げ、レインが止める暇《ひま》もなく、すっ飛んでいってしまった。

たちまち狭い通路をぐんぐん遠ざかり、レイン達の目から見えなくなってしまう。

「どいつもこいつも、チームワークってもんを考えてないな……俺に言われるようじゃ、終わりなんだが」

渋面《じゅうめん》で言うと、シルヴィアは相変わらずそばで浮いたまま、悪戯《いたずら》っぽく笑った。

「おしとやかなあたしは、レインの後から従うわね」

「異論は置いて、背後を頼む」

レインはそう頼み、ゆっくりと石段を下り始めた。

もう足場も確かだし、シェルファを下ろしてもよかったのだが、本人があまりにも幸せそうに腕の中で身体を丸めているので、レインはこのまま進むことにした。

……通路を歩き始めると、靴音の反響がやたらと耳についた。

ここは、身が引き締《し》まるような聖域の澄《す》んだ大気とは違って、空気が淀《よど》んでいるし、足下にはうっすらと埃《ほこり》が積もっている。

その代わり、石材を積み上げた壁も石段も乾《かわ》ききっていて、地下水が滲《にじ》んだような跡など微塵《みじん》もない。

ここが地下だと知らなければ、どこか地上の建物の中だと思ったかもしれない。

しばらくは黙って階段を下りていたが、気が滅入《めい》るような薄明かりと、足下の石段がどこまでもどこまでも続く。

この石段が芸もなくただずっと先へ下っているだけなのは、もう探りを入れてわかっているので、歩いていてもあまり楽しくはなかった。

とはいえ、当然ながら、しばらく歩くうちに疑問も出てくる。

レインとシルヴィアは期せずして同時に呟《つぶや》いた。


「妙だな」

「おかしいわね」


「何がでしょう？」

シェルファ一人が、不思議そうに尋《たず》ねる。

「いや、さっきから探りを入れてるんだが、シルヴィアの言う数百メートル——いや、もうその半ばまでは来たが、とにかくそれくらい先で、ふっつりと通路が途切れているんだ」

「——でも、先行した女ドラゴンスレイヤーさんがいる気配もないし、勝手に突進していったノエルの気配もないのよね、これが」

シルヴィアが背中の方で後を引き取る。

事実、アリサとノエルの気配は、ある地点から一切感じなくなっている。

「まるで、二人とも誰かに消されたような感じ？　おまけに、真っ赤な人の気配も当然、感じられない、と」

「前に、メルキュールにろくでもない迷宮に放り込まれた時があるが、あの時に似てるな。先へ進むと、まず面白くないことに出くわしそうだ」

「じゃあ、引き返す？」

返事はわかっているだろうに、シルヴィアが笑みを含んだ声で訊《き》いた。

「わがまま女も真っ黒女も、見捨てるわけにもいかないだろう」

「モテる人は大変ねぇ。もっとも、仮に千人の美女が迫ってきて選び放題だったとしても、レインにとってはあんまり意味がないんでしょうけど」

最後は随分《ずいぶん》と真面目《まじめ》な声音《こわね》で、シルヴィアが余計な分析をしてくれた。

レインは特に返事をしなかったが、気付けば胸の中のシェルファが痛いほど真剣な瞳《ひとみ》で見つめていた。珍《めずら》しく「そうなんですか？」とすぐに訊《き》かないのは、シェルファ自身にとっても訊《き》くまでもないことだからかもしれない。

「なかなか魅力的な話題だが、あいにく終点だ」

シェルファから目を逸《そ》らし、レインは最後の段を下りる。

眼前には、味気ない石の壁があるだけだった。
四、五名が横になれば満杯になりそうな四角い空間……それが、わざわざここまで下りてきて、レイン達が遭遇《そうぐう》した場所である。
しかも、先行したアリサ達は全く姿が見えない。

「レイン、あそこを！」

腕の中のシェルファがいきなりその灰色の壁を指差した。

見れば、あまりに小さな字なので当初は見落としていたが、石壁の中央に何か書かれている。


「どうぞ、壁に手を当ててください——だと!?」


レインは胡散《うさん》臭い思い全開で、その怪しい記述を眺《なが》めた。

やたらとか細い小さな字で、しかも掠《かす》れている……トドメに、字の色は鮮血《せんけつ》に似た真紅《しんく》というおまけつきである。

「あからさまに罠《わな》くさいぞ、くそっ。昔、パジャの娼館《しょうかん》前で見た客引きよりタチが悪い」

殺風景《さっぷうけい》な周囲を眺《なが》め、レインは思いっきりボヤく。

「傭兵《ようへい》時代に遺跡の迷宮で稼《かせ》いだ時だって、こんな怪しい案内は見たことないね！」

「とはいえ、先行した三名？　その人達は、馬鹿正直に言われた通りにしたみたいねぇ。だって、ここにいないんだし」

夜ということでやけに血色のよくなった唇《くちびる》を綻《ほころ》ばせたシルヴィアは、ワイン色の瞳《ひとみ》でレインを見やる。

「ついでに言うと、この先には何もないわ……だってここにいればもう、向こうがただの地中だってはっきり感じるもの。この壁の向こうは、きっぱりただの地面の下よ。今すぐ破壊したとしても、土が崩れ落ちてくるだけ。もちろん、レインも気付いてるでしょうけど」

「気付いてるが、しかしエクシードで探れなくても、手を当てることで何かが始まるんだろうさ」

レインは投げやりに言うと、シルヴィアと視線を合わせた。

「何かあっても離れないように、俺にしがみついてくれ。あえて乗ってやろうじゃないか」

「抱きつく話なら、それはもう喜んでっ」

満面の笑みで、シルヴィアは本当にレインに抱きついてきた。

彼女を見て苦笑し、そして腕の中のシェルファが小さく頷《うなず》くのを確かめた後——レインは断固として右腕を伸ばし、手で壁に触れた。

視界が派手に揺らぎ、乗船中に大波にでも出くわしたように、レインの足下がぐらりと揺れた気がした。

それはほんの一瞬のことだったが、同時に周囲の味気ない閉鎖的な空間が消失し、代わりに白い霧らしきものがくまなく周りを覆っていた。

ただし、レインがその霧を詳しく観察しようとした時には、文字通り霧が晴れるように視界が回復し、頼りなかった足下も正常に復帰した。

そして、その場にいた三人は全員、揃って眉根《まゆね》を寄せる。

……というのも、いつの間にか自分達が街の中にいることに気付いたからだ。

もはや、閉ざされた狭苦しい地下空間ですらない。

見上げれば、気が滅入《めい》るような曇天《どんてん》が広がっていて、足下は石畳《いしだたみ》である。どうやらレイン達がいる場所はどこかの路地らしかったが、左右には庶民の家らしき木造家屋がびっちりと建ち並んでいた。

ただし、傾斜のきつい屋根の色はほぼ明るい色に統一されていて、街並みも思ったより綺麗《きれい》である。少なくとも貧民街のような雰囲気《ふんいき》ではない。

ちゃんと清掃夫《せいそうふ》が定期的に来るのか、馬糞《ばふん》の類《たぐい》も全く落ちていない。

「……レイン、気付いてる？」

路地を見渡した後、シルヴィアが囁《ささや》いた。

その囁《ささや》き声でさえ、ここでは妙に大きく響く。

「街に人の気配がほとんどないことか？」

「そう。随分《ずいぶん》と大きな街に見えるのに、妙に人の気配を感じないわ」

訝《いぶか》しそうに言うシルヴィアに、レインはぽつんと告げた。

「しかし、俺はここに見覚えがあるな」

抱き上げたシェルファを下ろしてやり、首を振る。

「やれやれ……また妙なことになったもんだ」

「それで、どこなのよ？　さっきから探っているけど、妙なことに限られた範囲までしかエクシードが届かないわ」

「まず、大通りの方へ出てみよう。そこまで来ると、多分、シルヴィアにもわかると思う」

その言い草を聞いて、シェルファがそっとレインの手を握ってきた。

いきなり夜から昼に変わっていたのも驚きだが、あんな地下から急に街に飛ばされたのだ。それは不安を覚えても当然だろう。

しかもこの空虚な街は、人の気配もない上に、今にも雨が降りそうな曇天《どんてん》である。

「天気は悪くないのにねぇ」

シルヴィアは頭の後ろで両手を組み、矛盾《むじゅん》することを述べた。

レインと並んで歩く足取りも、全く緊張している様子がなく、軽快である。

「雨は降らず、このままの天気がずっと続くんじゃないかな……何となくだが」

レインが呟《つぶや》くと、シェルファまで首を傾《かし》げた。

「妙です……わたくしも、ここに見覚えがある気がしますわ」

漆喰《しっくい》が塗られた真新しい壁の家々を眺《なが》め、そんなことを言う。

「うん、姫様はさすがに記憶力がいい。確か俺と一度だけこの近所を歩いてますしね……まあ、あの時はもっと貧民街寄りでしたけど」

「へぇえええ？」

ふいに笑顔を消し、シルヴィアが横目でしんねりとレインを見た。

「二人でね？　もしかして、デート？」

突っ込むところはそこか!?　とレインはむっとしたが、泥沼《どろぬま》になりそうなのでただ肩をすくめてこう返すに留めた。

「人間、息抜きも必要だろう？　特に姫様の場合は」

眼前に迫った、もっと広い通りを指差す。

「それより、メインストリートに出たぞ」

比較的狭い路地からその通りに出ると、さすがにシルヴィアもワイン色の目を見張った。

「あらあら～」

シェルファなどはぶるっと肩を震わせ、口元を両手で覆ったほどだ。

その通りは戦時には軍道の役目も果たす場所であり、普段は通りの両側に商店が、食材や雑貨品の区別なく、ところ狭しと軒《のき》を連ねている。

さらに星祭りなどの折りには、屋台が道の中央に列を作って店を出し、通りを行き交う祭り見物の人々でごった返すことになる。

なにより――レイン達は路地から出てちょうど北の方角を見たのだが、その先には円形の広場があり、さらにずっと先には……見覚えのある尖塔《せんとう》の多い建造物が見えた。

先程は景観が遮《さえぎ》られて仮に見たくても見られなかったが、今や否応なく目に入る。

なにしろ、この城郭《じょうかく》都市の根本となる場所、いや城である。

「あれは、ガルフォート城……ですよね」

レインが落ち着いているので、シェルファの声にはまだ辛《かろ》うじて冷静さが保たれている。

しかし、自分達が今いる場所が王都リディアだと知って、当然ながら驚きを禁じ得ないようだ。

――とはいうものの、ここが王都リディアに見えるというのは、まだ驚きの第一歩だった。

リディアのメインストリートなら、昼間はそれなりの人数がここを行き交うはずである。軒《のき》を連ねる各商店にしても、今は営業中のはずだろう。

広場に近づくほど多くなる、装飾を施した外壁の各ギルド本部も、人の出入りが激しくて当たり前だ。

しかし、今のリディアはどの建物も扉が固く閉ざされたままだし、軒先《のきさき》に商品を並べている店もない。それどころか、そもそも通りを歩く人の姿もなかった。

……少なくとも、元気に立って歩く人の姿は。

その代わりに、路上の染みのように点々と、軍装姿や私服姿の者達が転がっている。

まるで路上に転がる石ころか何かのように、無造作に。

俯《うつぶ》せや仰向《あおむ》け、それに横倒しなど、各自の姿勢は様々だが、例外なく目を閉じて意識がなさそうだった。しかも、不思議なことに全員の身体がうっすらと光っている。

レインは一番近くの死体――に見える姿の大男の脇に屈むと、ぼんやりと身体が光るそいつの姿をしげしげと観察した。

俯《うつぶ》せに倒れてはいるが……明らかに死体ではない。

呼吸も止まっているようだが、しかし肌《はだ》には生気があり、今にも目を開けて動き出しそうだった。

死臭もないし、死骸《しがい》なら死んだ直後も同然である。

「——呼吸は止まってるが、これは死んでないように思う」

観察の途中で、レインは呟《つぶや》く。

「このメインストリートだけで数え切れないほどいるが、この有様《ありさま》は、まるで誰かが行動を封じてるように見えるな」

「しかも、ちょっと頭に注目して。銀髪《ぎんぱつ》か、あるいは銀髪《ぎんぱつ》になりかけてる人が多いわよ」

シルヴィアが不吉なことを言った。

事実、倒れている者達の七、八割程度が銀髪《ぎんぱつ》だった。

「加えて、この微《かす》かに感じる波動……これは全員、人間じゃないわ」


「仮に全員が魔族だとしたら、とんでもない数だな」


立ち上がったレインが唸《うな》ると、シェルファがやっと我に返ったように捲《まく》し立てた。

「ど、どうしてっ。いつの間にリディアがこんな風に——」

「これは姫様の知るリディアじゃないです」

レインはあっさりと首を振る。

安心させるつもりだったが、しかし状況柄《がら》、そう安心はできないかもしれない。

「よく見てください。見た目は王都リディアそっくりでも、こちらの方が年代が新しく見える。簡単に言うと、建物がそう古びてない」

「つまり、こういうことね？」

シルヴィアが唇《くちびる》を綻《ほころ》ばせて言った。

シェルファほど焦《あせ》っている様子はなく、むしろ状況を楽しんでいるように見えた。

「あたし達は、聖域からリディアとそっくりの似て非なる街へ転移させられている。しかも、このリディアには不思議なことに生ける人間の姿はなく、周囲には住居や店を含めて一切、人の気配はない。その代わり、大勢の魔族の死体——あるいは死にかけた魔族の群れがあちこちに倒れている」

「いやぁ、口に出したら馬鹿みたいに聞こえるな、本当に」

レインはシェルファを気遣い、わざと大げさな身振りで両手を広げる。

「でも、今まで見たことをまとめるとそういうことだ。逆にいい方に考えれば、魔族の連中がどっさりいる場所に出ちまったけど、全員戦闘不能で俺達は幸運だったたってことだろう」

さすがにシェルファは落ち着きを取り戻しつつあったが、それでもちらちらと北の方角——つまり、サンクワールの主城でもあるガルフォート城を見ていた。

自分の本拠にあたる場所だけに、どうなっているのか気になるのだろう。

「まあ、気になるようなら今からでもあの城を」

レインが言いかけた途端、どこか遠くで激しい爆発音――に似た轟音《ごうおん》が聞こえた。

また三人で顔を見合わせてしまったが、その間も何かが崩壊するような音が続く。しかも、西の方角に白い煙が上がり、身を寄せ合うように建つ家の一角が崩れるのも、微《かす》かに見えた。

「絶大な魔力を感じる。誰かが――いや、これは多分、あの喧嘩腰《けんかごし》女だ」

そちらを遠望したまま、レインは顔をしかめる。

「女ドラゴンスレイヤーのアリサさんが、見知らぬ街で元気一杯に活動中みたいね」

シルヴィアも苦笑して頷《うなず》く。

「そういえば、あの人は魔族に恨《うら》みがあるんだったかしら？　だったら、こんな状況を見たら、暴れたくなるのも当然かも。なにしろ――」

そこまで述べた後、わざとらしく魔族がゴロゴロ転がるメインストリートを見渡す。

「……周囲全部が活動停止中の魔族、つまり敵ですもんねぇ。そりゃ、いくらでも暴れ甲斐《がい》があることでしょう」

そうこうするうちに、今度は爆破音が何度も続き、最後に大音響と共にまた遠くの屋根が崩壊するのが見えた。

止める者がいないのを幸い、アリサは遠慮《えんりょ》なしに破壊活動継続中らしい。

「日頃から肉ばかり食っててんじゃないのか、あの女は。血の気が多すぎだ」

レインは顔をしかめた。

「気持ちはわかるが、こんなヤバそうな場所で、しかも動かない相手にヤツ当たりしても意味ないだろう」

それを最後に、断固として破壊音がした方に足を向けた。

「どうするんですか!?」

心配そうなシェルファの声に、レインはきっぱりと返す。

「血の気の多いあいつを、止めてきます！」

☆

「そう言うと思ったわぁ」

シルヴィアが苦笑したが、しかしすぐに表情を改め、眉《まゆ》をひそめた。

「この気配……もしかして、倒れてる魔族ばかりじゃない？　活動中の『誰か』がいるのかしら」

そっと囁《ささや》いたが、既にレインとシェルファは歩き去った後で、やむなくシルヴィアもすぐに後を追った。

見知らぬ街に飛ばされた時、アリサはすぐに、ここがサンクワールの王都リディアだと気付いた。ザーマイン軍との大戦が始まる前に、王都内の同じ場所を歩いたばかりだったので、間違いようがない。

あの時はギルドマスターのジムに会うために、ギルドが隠れ蓑《みの》に使っている酒場に赴《おもむ》いたのだが、同じ酒場も目につく場所にあった。

ただし、『人間』の気配は全くなく、その代わりにアリサの大嫌いな波動を感じた。

無論、憎《にく》むべき魔族のものである。

街路に倒れている者達が全て人外だと看破《かんぱ》した途端、アリサは他の一切がどうでもよくなった。

腰に帯びた巨大な刀、サクリファイスを瞬時に抜くと、ためらいもなく路上の魔族達に術を仕掛ける。

「私の眼前から消えろ、魔族共《ども》っ——コンフラグレーション・ブラスト！」

言下《げんか》に真紅《しんく》の閃光《せんこう》が刀身から放たれ、路上の一角に命中した。

途端に、そこを起点として大爆発が起き、四方に火炎を帯びた衝撃波を撒き散らした。

一切の手加減をしなかったため、狭い路上の左右に立っていた家屋へモロに火炎と衝撃波の余波が炸裂《さくれつ》し、たちまち大音響と共に瓦解《がかい》してしまう。

発動したアリサ本人にまで魔力爆発の影響が及んだほどだが、ドラゴンスレイヤーたる身には破壊の影響が及ばず、彼女を避けるように綺麗《きれい》に路上が炭化し、砕《くだ》けている。

無論、倒れ伏していた魔族達の身体は、まとめて何十体もが一瞬で炭化し、突風に巻かれてちりぢりに吹き飛ばされてしまった。

おそらく、少なく見積もっても数十体くらいは、この瞬間に炭化してばらばらになったはずだ。

しかしアリサは全く満足せず、連続で何度も攻撃をしかけ、たちまち周囲を瓦礫《がれき》の山にしてしまった。ここがいつものリディアであれば、この時点で死者の数はとんでもないことになっていただろう。

それでも飽《あ》き足らず、自らも真紅《しんく》のオーラと魔力の炎を纏《まと》い、アリサはそのまま空中へ飛ぼうとした。

上空からまとめて広範囲を破壊しようと思ったからだ。

しかし、膝《ひざ》をたわめたまさにその時、落ち着いた声がした。

『君の怒《いか》りと憎《にく》しみを感じる……相当なものだね、これは』

「――！　何者っ」

飛ぶのを中止し、アリサはさっと険しい視線を周囲に向ける。

魔族共《ども》と一緒に、一つ向こうの街路にまで及ぶほど、家屋を破壊しまくったので、もはや見通しは相当に利く。

しかし、自分が築いた瓦礫《がれき》と破壊跡以外は、誰の気配も感じなかった。

さっきまでは大量に転がっていた魔族共《ども》すら、見える範囲にはもう残っていない。

「私の邪魔をするなら、覚悟をしてもらうぞ」

『覚悟なら、聖戦当時からできているとも。むしろ、君は魔族を利する行動をしているんだ。君は想像以上に強い。その実力でそれ以上暴れられると、僕の結界にも影響が出るほどだ。それに、もうすぐゲネシスだって破壊に気付いてそこに来る。彼とやり合う羽目になるよ』

「ゲネシスとは、レインが戦った魔族だな？　ふん、それを聞いて私が震え上がるとでも思ったか？むしろ私は大歓迎だ。仮死状態の魔族より、生きてるヤツをどうにかしたいわ」

『君は何もわかっていない。誰であろうと、今のゲネシスと正面対決したところで、勝てはしないよ。……それより、僕は段々、君に興味が出てきたな。何が君をそんなに変えた？　本来の魂《たましい》に触れる限りは、ひどく繊細《せんさい》で優しい人なのに』

「故郷を出てから、私が今日までにどれだけ手を血で染めてきたと思う？　なにが繊細《せんさい》だ、笑わせないでっ」

もはや声を無視して自らゲネシスを迎えるべく、アリサはもう一度飛ぼうとした。

しかし、そいつは落ち着いた声で言った。

『悪いが、僕の結界に入ったからには、誰であろうと影響を受けずには済まないんだよ。外の世界じゃ、僕なんか並《なみ》の戦士に過ぎないけど、ここから動かない限りにおいては、僕は最強なのさ。……そうだね、今は応用が利きそうな、あの彼女の力を利用させてもらおうか』

その不吉なセリフに、さすがにアリサも警戒して身構えようとした。

ところが一瞬早く、周囲に不可解な魔力が満ちた。

『ひとまず、永劫《えいごう》なる闇の中へ君を招待しよう――来たれ、ナイトワールド！』

その瞬間、世界が深遠なる闇に満たされ、アリサは一切の視界を失った。

驚いて立ち止まり、四方を見渡したが、本当に何一つ見えない。暗闇で目を閉じたのと同様、一切の光源が存在しなかった。

試しに目の前に掌《てのひら》を持ってきたが、呆《あき》れたことに鼻先にあるはずのそれすら見えなかった。

「相変わらず奇妙な力の波動を感じる……何か特殊な結界か」

ノエルの能力だと知らないアリサは、顔をしかめて分析した。

「だが、私を侮《あなど》ってもらっては困る。どのような結界であろうと、力尽くで引き裂くことは可能なはずだ」

言うなり、また魔力を集中しようとしたが、苦笑気味の声がした。

『参ったね。彼女の力に僕の小細工も加えたから、本当なら直後に気を失うはずだったんだけど。しかし、君の能力は確かに傑出《けっしゅつ》している。意識を奪うのは無理らしい。だとすると、ここから先はちょっと辛《つら》いことになるよ……なにしろ、僕はどうしても君の過去を見てみるつもりだから』


「か、過去だと⁉」

思わず、アリサらしくもなく動じた声が洩《も》れた。

今のアリサは、過去などに関わりたくない。

まるで、彼女のその考えを読んだように、急速に闇が薄れ、遥《はる》か向こうに懐《なつ》かしい顔が見えた。

「嘘だ……あの人は……そんな」

『君に恨《うら》まれるのは辛《つら》いが、どうあっても君の過去を見せてもらう。苦痛なら、自らの意志で眠るといい。あいにくさっきも言った通り、ここじゃ僕が最強でね。普段の君ならこの状況でもどうにかできたかもしれないけど、今は無理さ』

「ふざけないで、私をここから出してっ」


『いいや、断る！』

一転して厳しさを帯びた声が言い放つ。

『どのような理由があろうと、君は一切の抵抗ができない我が同胞《どうほう》を殺戮《さつりく》してのけた。僕が言えた義理じゃないが、己がやったことに対する結果は、善悪にかかわらず必ずいつか当人に戻ってくるものだ。これに懲《こ》りたら、今後はそれを忘れないことだね』

アリサはほとんど話を聞いてなかった。

既にすっかり明るくなった街道の方へ走り、懐《なつ》かしい相手の胸に飛び込もうとしていたからだ。しかし確かな存在感を持っているその姿は、アリサの腕の中を擦《す》り抜け、決して抱き留めることができなかった。

まだ十二歳だった頃の自分と、上半身に革鎧《かわよろい》を一部装着しただけの姉が、二人で仲睦《なかむつ》まじく歩いている。手を繋いで姉を見上げる当時の自分が、嬉《うれ》しそうに微笑《ほほえ》んでいた。

しかも、着ているのは姉とお揃いのチュニックだった。それを見て……アリサは今がどんな時か、正確に知ることができた。

これは……姉さんが、久しぶりの休暇《きゅうか》で故郷に戻って来た日だ！

凜々《りり》しい表情を綻《ほころ》ばせていたあの顔も、アリサが買ってもらった衣装《いしょう》を「あたしが持ってあげるね」と言ってくれたあの言葉も、全て覚えている。

この日は休暇《きゅうか》中の姉と遠くの街へ買い物に出かけ、二人で村に戻る途中だったはず――

つまり、アリサが最も嫌悪する、まさにあの運命の日だ。

「姉さん、だめっ。村へ戻っちゃいけない！」

叫《さけ》んだが、二人共全く反応しなかった。

止めようとする者など存在しないといった顔で、二人で手を繋いだまま、アリサの身体を突き抜けて通ってしまう。

『悪いことは言わない、嫌なら目を逸《そ》らすといい。過去は変えられないんだから』

例の声が気遣うように言う。

「いや……いやよ……だめ、こんなのないっ」

アリサはたまらず姉妹に先行し、自ら街道の先にある村へ走った。

しばらくして見えてきた村は、案の定、もはや人の気配を一切、感じなくなっている。アリサは通りとも呼べないような狭い道を走り、村の奥へ奥へと駆け付ける。

路上には点々と血の跡が残り、既に村人達に関しては手遅れなのがわかった。

「わ、私が必ず何とかするっ。今の私ならきっと！」

アリサはうわごとのように繰《く》り返し、木造家屋が建ち並ぶ路地を何度か曲がって、目指す相手を見つけた。

そいつらは、自分達が殺戮《さつりく》した村人達を一カ所に集め、検分しているところだった。

二軒の廃屋《はいおく》が取り壊されてできた空《あ》き地に四人が立っていて、その足下には二桁《けた》を超える死体が積み上がっている。その死体を見下ろす彼らは、全員が薄い黒髪《くろかみ》をしていて、目が赤かった。

傭兵《ようへい》風の身なりでちゃんと帯剣しているのだが、彼らが実は人間ではないことを、今のアリサはもう知っている。


「――おまえ達っ」


叫《さけ》んだアリサは、疾風《しっぷう》のごとく駆け付け、手近な男に斬りつけたが……内心で密《ひそ》かに恐れていた通り、やはりここでも同じことだった。

魔剣サクリファイスは、にやついた男共《ども》の身体を素通りしたし、そもそも向こうはアリサの方を見もしなかった。

代わりに、アリサの記憶通りに一人が鼻をひくつかせ、さっと通りの方を見た。

そこには、村に入るなり異変を感じ取って駆け付けた姉が、都合四名の男共《ども》を睨《にら》み付けていた。

「貴様達っ、村人を殺したのかっ」

「おぉ……やっと元気のいいヤツが来たよ」

特に慌《あわ》てるでもなく、男の一人がおどけた声を出す。

「まったくだ。これまでのヤツは命乞《いのちご》いばかりで、実につまらなかったよな」

「俺達アウトサイダーにも、たまには楽しみがないと」


口々に好き勝手なことを述べた後、一番体格のよい男がとろりとした笑みを浮かべて姉を見た。

「ああ、殺したぜ。全員容赦《ようしゃ》なく殺して、金目のものは全部頂いた。食料は――まあ、野菜だけしか見当たらないし、俺達の好みじゃないな」

「おのれっ」

真っ赤になった姉はその場で抜剣《ばっけん》し、駆け出した。

しかし……男は対抗して剣を抜く代わりに、無造作に手を振り上げ、いきなり魔力を全開にした。

「――！　くうっ」

完全に意表を衝《つ》かれていたはずなのに、姉はそれでも己を襲った真紅《しんく》の光を横っ飛びに避けた。

しかし、その時には攻撃と同時に疾走《しっそう》していた男が、無造作に姉の右腕を掴んで引きちぎった。

そう、こいつはなんと、力任せに肩から腕を引きちぎったのだ！

昔の記憶を見せられているアリサは、それ以上は見ていられず、目を固く閉じて逸《そ》らしてしまった。

それでも……あの凛々《りり》しい姉が、普段は絶対に出さないような悲鳴を上げて転げ回る物音や、派手に噴き出した血が地面をびしゃびしゃと叩《たた》く嫌な音を、たっぷり聞かされる羽目になった。

そして、姉の悲鳴の合間に、腕を引きちぎった当の男が、つまらなそうに口走る声が聞こえた。

「……やれやれ、所詮《しょせん》は人間だったか。俺達魔人の敵じゃなかった……くだらん」

「おいおい、善戦するとでも思ったのかよ？」

誰かが、心底愉快《ゆかい》そうに訊《き》いた。

「んなわけないな、こいつの根性悪《こんじょうわる》はいつものことだ」

「なんでもいいから、この女がどこまで保《も》つか、賭《か》けないか？　とりあえず、今度は左腕もちぎってみるか」

「や、やめて、もう――ぎゃあああーーーーーっ」

「おい、待て！　また誰かが」

姉の絶叫《ぜっきょう》と、四人のうち一人が発した声を最後に、後は静まりかえった。

確か、上空から巨大な光が降ってきたように思うが、それ以外には覚えていない。

全くもって、アリサの記憶そのままだった。

当時、事前に姉の指示で廃屋《はいおく》の中に隠れていたアリサは、窓の隅からこの光景を見ていた。

しかし、嬲《なぶ》り殺しにされている姉を見たショックで意識を失い、それ以上は目撃していないのだ。

次に目覚めた時は、全てが終わった後だった。

いつしか、元の暗闇に戻っていたが、アリサはその場にへたり込み、声もなく啜《すす》り泣いていた。

普段は無理にも思い出さないようにしてきたことを、声の主は見事に抉《えぐ》り出してくれたのだ。


『そうか、これが君が戦士の道を志したきっかけだね』


「……無様《ぶざま》に失禁《しっきん》して気絶していた私が目覚めた時には、もう姉の死体しか残ってなかったわ。最後に見た奇妙な光は、あの憎《にく》き魔族共《ども》を焼き尽くし、黒焦げの死体に変えていた」

真っ黒な絶望を抱えたまま、アリサはぽつんと答える。

あの惨劇《さんげき》を久方ぶりに思い出したショックで、今は一時的に虚脱状態になっている。

『魔界から人間界に迷い込んだアウトサイダーの虐殺《ぎゃくさつ》か……痛ましいことだが、君は大きな事実を見過ごしているようだ。最後に天から降ってきたあの光を思い出すといい。あれは――』

一瞬のためらいの後、彼は続けた。


『あれはおそらく、別の魔族の魔法攻撃だと思うよ』

言われ、アリサはさっと俯《うつむ》いていた顔を上げた。

「嘘よっ。世迷《よま》い言《ごと》をほざくなっ」

歯を食いしばり、軋《きし》むような声を洩《も》らす。

「当時の私には、もう姉しか家族が残ってなかった。姉を殺した魔族を殺し尽くすという執念《しゅうねん》だけが、これまでの私をようやく生かしてきたのよっ。なのにおまえは、魔族にも善良な者はいるとでも言いたいのかっ」

『では逆に尋《たず》ねるけど、目覚めた時の君はどういう状態だった？』

訊《き》かれた途端、哀しみに染め上げられたアリサの周囲が、またふんわりと明るくなった。

明らかに声の主がアリサの心に触れ、またその記憶を蘇《よみがえ》らせているのだが、心の隙《すき》を突かれたアリサは当時の自分に戻り、最後の光景を思い出していた。


「しんじゃいや、しんじゃいやだよ、お姉ちゃんっ」

目覚めたばかりのアリサは、丁寧《ていねい》に台車に乗せられた姉の死体に取りすがり、泣きじゃくっている。ひどく損壊していたはずの身体はなぜかきちんと元通りに復元され、綺麗《きれい》なシーツの上に横たえられている。

「お姉ちゃんがいないと、わたしは生きていけないもんっ」

だがいくら呼ぼうと、胸の下で腕を組んだ姉は、もはや亡骸《なきがら》となっていた。

さらに言えば、四人の魔族共《ども》は黒焦げの死体と化してその辺に転がっていたが、もちろんアリサはそいつらなど見向きもしない。

それらが元の四人と見分けがつかない以上、アリサの仇《かたき》はまだいる、いるのだ！

いや、いるどころではない。今となっては、世に紛《まぎ》れ込むアウトサイダー共《ども》……否、全ての魔族がアリサの仇《かたき》であり、倒すべき敵となった。

――幼少のアリサが気絶している間に、誰かが殺戮《さつりく》の場面に介入し、魔族達をまとめて片付けたのは間違いない。しかも、その何者かは村人の死体は片付け、姉の身体を復元し、台車に乗せて楽に運べるようにさえしてくれた。

アリサが、この後で自力で姉を墓に葬《ほうむ》ることができたのは、この時の処置のお陰である。

廃屋《はいおく》の中からアリサ自身を運び出して日陰に寝かせてくれたのも、おそらく同じ人だろう。しかしその『何者か』ですら、もう一度姉を蘇《よみがえ》らせることまではできなかったようだ。

「わたしこそ、消えてしまうべきだった！　ア、ア、ア、アリサお姉ちゃん、お姉ちゃんの方が、わたしよりずっと世界にとって必要な人だったのにっ。わたしみたいな泣き虫が生き残って、お姉ちゃんがしぬなんて、そんなのないっ」

そう、この時だわ……とアリサは第三者の視点でこの光景を眺《なが》め、再び涙を流す。

この時この瞬間から私は本当の名を捨て、姉の名をもらって生きることにした。

なぜなら――

『なぜなら、本当に生き残るべきは自分ではなく、姉上の方だったと固く信じているから、だね』

また声が聞こえ、アリサはようやく我に返った。

いつしか嫌な光景は消え、周囲は再び元の暗闇となっている。

『だから君は、その日から自分の真の名を捨てて姉上の名を名乗り、同じように傭兵《ようへい》として過ごしている。……いつも姉上のことを心に留め、魔族への敵愾心《てきがいしん》を忘れないように』

「き、貴様っ」

アリサは怒《いか》りのあまり、全身が震えた。

「私の心を弄《もてあそ》ぶなあっ」

跳《は》ね起きると、あらん限りの声で叫《さけ》び、全魔力を解放した。

途端に周囲を囲む闇にひび割れが生じ、光が差すのがわかった。

第六章　人の形をしたもの

レインが破壊があったと思われる現場に駆け付けると、なぜかアリサはもう大人しくなっていた。

しかも、ただ大人しくなっていたわけではなく、路地の隅に横倒しになって気絶していた。

レインが駆け寄ってしゃがみ込み、膝《ひざ》の上に抱き上げて調べてみたが……一応、外傷の類《たぐい》はないようだった。

ただ、よほど深く昏睡《こんすい》状態にあるのか、アリサともあろう者が全く反応を見せなかった。軽く揺すってみたが、アリサは長いまつげを伏せたまま、目が開く気配もなかった。

そのくせ今は呼吸が荒く、心臓の鼓動《こどう》も激しく、戦闘直後のようにも思える。

「このまますっ裸に剥《む》いても、気付かないかもなぁ。あるいは、この愛想《あいそう》のない黒服の代わりに、豪勢《ごうせい》なドレスにこっそり着替えさせておくとか。——当然、スカートは短めで」

ほっとしたついでに、レインは半ば本気で呟《つぶや》く。

特にこっそり着替えさせる案は、なかなか楽しい試みのような気がしてならない。

「ご無事なのですか？」

追いついてきたシェルファが尋《たず》ねた。

少し暑くなったのか、既にコートは脱いで、純白のドレス姿だった。

そういえば、この世界の王都リディアは、季節的には冬ではないようだ。せいぜい初秋くらいの気温である。元いた場所とは明らかに違うということだろう。

「まあ、無事と言えば無事なんだが」

アリサが豪快《ごうかい》に破壊した街路や建物を眺《なが》め、レインは顔をしかめた。

「ついさっきまで暴れまくっていたのに、なんでまた――」

不覚にも、そこまで述べたところで、ようやく気付いた。

レインはまじまじとシェルファの背後を見る。

瓦礫《がれき》が散らばる路上に、あちこちに吹っ飛ばされた血まみれの魔族達。それに半ばから折れた、石造りの教会の塔――見えるのは破壊跡と倒れた魔族達ばかりで、肝心《かんじん》の仲間の姿がない。

「……シルヴィアは？」

レインが低い声で問うと、シェルファは初めて「えっ!?」と声に出し、背後を振り返る。

「さ、さっきまで後ろから駆けてくる足音がしてたんですが」

「特に大きな音はしなかったわけだな？」

「はい……」

頷《うなず》いた後、シェルファは申し訳なさそうに項垂《うなだ》れた。

「ごめんなさい……わたくし、レインの背中ばかり見ていたので」

「いいさ、シルヴィアなら心配ない」

シェルファの髪《かみ》を撫《な》でてやり、レインは気絶したアリサを抱き上げて立ち上がった。

「あーーっ」

唐突にシェルファが切ない声を上げたので、「どうかしたか?」とレインは慌《あわ》てて向き直る。

まさかとは思うが、シェルファまで消えてしまうと困る。

「い、いえ……別に……なんでもありませんわ」

言葉の割に、ひどく拗《す》ねたような上目遣いの視線で見られた。


『自分以外の女性を抱き上げるのを見てるのが、辛《つら》いんだろうね』


ふいに声がして、レイン達は顔を見合わせた。

『ついでに言えば、初対面の僕ですら推測できるのに、そこに気付かない君はなかなか大物だと思うよ。あるいはそれは、君の過去が原因かもしれないけど』

「失礼なことを言うヤツだな。こう見えて俺は、生まれ育った村じゃガラスのように繊細《せんさい》な少年だと、よく噂《うわさ》されてたんだぞ？」

レインは大真面目《おおまじめ》にまず言い返し、それからニヤッと笑った。

「ようやく、話しかけてくれたか」

シェルファの方は驚き顔で周囲を見渡していたが、相変わらずレイン達以外に人の姿はない。

「ここに来てからずっと気配を感じてたのに、まるで出てくる様子がないから、どうしてくれようかと思っていたところだ」

『うん、君は勘付《かんづ》いても不思議はないかもしれない』

呆《あき》れたような声音《こわね》の返事があった。

『アリサにも驚いたけど、君もたいがいだね。まったく、どういう人生を送ったら、こんな力を持てるんだい？　魔族たる僕から見ても、君は特殊だよ』

「ふ……そう褒《ほ》めるなよ、照れるだろう？」

『あははっ』

そう面白いことを言った覚えもないのに、声は軽やかに笑った。

『期待を裏切らない人だなぁ。実は君は、僕が待ち望んだ人でもあるんだよ。ようやく会えたね、レイン』

「こっちはおまえを知らないんだが」

謎のそいつが、不思議な力で自分の心に触れようとしているのを、レインはもちろん感じている。今のところ抵抗せずにいるが、あまりにもぶしつけに探ろうとするようなら、なんらかの対抗措置《そち》を講じる必要があるだろう。

「どうせなら名乗ってくれるとありがたいね」

『ゲネシスは、僕をアクターとあだ名で呼ぶね。本当の本名は、もう僕自身も忘れた……まあ、ロクな過去を送ってこなかったから、その報《むく》いかもしれない……はは』

自嘲《じちょう》気味な笑い声を洩《も》らした後、アクターとやらは続けた。


『君の次の質問にも答えておこう。まず、アリサが倒れていたのは、彼女が自分の持つ力を振り絞《しぼ》り、全力で閉鎖結界を打ち破って脱出したためと――それに、あまりにも精神的ショックが大きかったせいだね。どちらかと言うと、後者が原因かな。アリサの過去を僕が覗《のぞ》き見したせいだけど、それは彼女にとっても忘れたい過去の追体験となったんだ』


「いい趣味じゃないな」

レインは目でシェルファを促し、街の北側にあるガルフォート城へと向かう。

急がず、あえて歩いて街路を進んだが、シェルファには「俺の腕にしがみついててくれ」と頼んでおく。もちろん、シェルファは大喜びで言う通りにしてくれた。

「誰だって、触れてほしくないことはあるだろうに。まあ、おまえの場合は単なる興味だけじゃなくて、この破壊の意趣返しにやったのかもしれんが」

『……君の推理力には敬意を表するとして、消えた君の仲間についても、僕が原因だと白状しておく。この街の中にいる限り、僕にはあらゆることが可能でね。ノエルとシルヴィアという女性については、少しズレた他の場所に退去してもらっている。退去というか、一時《いっとき》だけ、丁重に遠慮《えんりょ》してもらったと言った方がいいかな。君とどうしても話したかったから』

「いやぁ、ノエルは知らんが、シルヴィアについちゃ、そう簡単にはいかないと思うがな。彼女が消えているのは、意外と本人自身の意思かもしれんぞ」

レインは散歩するような足取りで無人の街を進みつつ、明るく答える。

しかし、その間にも自らのエクシードで四方に探りを入れていた。ただし……結果は今ひとつだった。確かに声の主の気配を感じるのに、どこにいるのかどうしても特定できない。

逆に言えば、あらゆる場所が怪しいとも言える。

くまなく四方から均等に、こいつの力の波動を感じるからだ。

「で、俺に話とはなんだ？　大サービスで先に答えてやるよ」

『では、お言葉に甘えて』

すぐに嬉しそうな声が聞こえた。

『君に触れてみて、すぐに疑問に思ったよ。そこまで多彩な攻撃手段を持っているのに、どうして剣での戦いに固執《こしつ》するのかな？　過去の多くはガードされて見えなかったけど、見えた部分に限っていえば、君はほとんど剣で戦おうとするようだ。……どうしてだい？』

「さあ、どうしてかな？　命のやりとりをするのに、お手軽にぱぱっと力で片付ける気にならないだけかもしれん。あるいは、安易に勝つことに意味を見いだせないのか。理由なんざ、俺にもわからんさ」

『じゃあ、もう一つ――』

「待て待てっ。順番だ、順番。次は俺だ」

少しずつ接近するガルフォートから目を離さず、レインはすかさずアクターを遮《さえぎ》る。

「俺達に妙な密書が来て、ゲネシスが太古の兵器を狙《ねら》ってるとか書いてあったんだが……これは本当か？」

密書の内容も詳しく教えてやり、レインは尋《たず》ねた。

『本当だとも。事実、ゲネシスはもう侵入してるし、おそらく君達に密書を送った相手も来てるだろうね』

「まあ……それはどなたでしょう？」

レインの腕にしがみついたまま、シェルファが訊《き》いた。

『悪いけど、順番だよ。今度は僕の番さ』

先程の仕返しのように断りを入れ、アクターは言った。

『仮に、その兵器がここにあるとして、君達はどうするつもりかな？』

「君達というか、俺はこの子のために働いてるんでな」

レインはこの際、はっきりと言っておいた。

「というわけで、チビ。……手に入れたら、どうする？」

そのままシェルファに質問を丸投げした。

真面目《まじめ》なシェルファはしばらく考え、顔を上げてレインに告げた。

「使わないのが一番だと思います。絶対に使う時が来ないとは言えませんけれど」

『例えばどんな時に使う気かな、シェルファ』

やや緊張した声のアクターが言う。

「それはもちろん、レインの身が危ない時ですわ」

シェルファは全く悩む様子もなく、即答した。

『それは……つまり、君自身の命よりも優先ということ？』

「わたくしの優先順位は、レインと出会った時から不動のものです」

シェルファは静かに断言してしまい、レインですら口を挟《はさ》む隙《すき》がなかった。

そういう返事はまずかろうと思うのだが、アクターはしばらく沈黙した後、困ったように言った。

『やれやれ、これは迷う返事だね。もはやあの子を隠匿《いんとく》したままにはできないから、どうにかしてあげたいんだけど』

「兵器っていうのは、人のことなのか？」

レインはさりげなく問いかける。

答えてくれないかと思ったが、あっさり言われた。

『正確には、僕が創造した人造人間かな。君達、いやシェルファのような人からすれば、ホムンクルスと言うと、理解しやすいかもしれない』

「なぜそんな兵器を抱えて、しかもこんな閉鎖空間でおまえは潜《ひそ》んでいたんだ？　おまけに、ここで倒れてる魔族共《ども》は、明らかにまだ生きてるよな？　おそらく、おまえの能力で無理に活動停止させられてるだけだろう」

『その通りだよ、レイン』

この質問に対しても、アクターはあっさり認めた。

『同胞《どうほう》がああなってるのは、全て僕のせいだ。ただ、人間と魔族が戦うのを反対する僕には、他に邪魔する手段を思いつかなかったんだ。……ここなら、僕の力で彼らを隠し、留めておける。しかし、一度この空間を出れば、すぐに彼らは目覚めて、人間に襲いかかるだろう。元々、そういう目的で魔界から連れてこられたんだからね』

「貴方《あなた》は、人間の味方なのですか？」

『味方というほどじゃないかな。まあ、中立だと思って欲しいな』

不思議そうに小首を傾《かし》げるシェルファに、アクターは苦笑するような波動を寄越した。

『僕は魔族の戦士でね。聖戦末期に、ゲネシスから人間世界で魔族の拠点を作るように命じられたんだ。……途中まで、実に忠実に任務を果たしたよ、僕は。君達はまだ本当の意味で拠点に到達してないけれど、とにかく拠点もちゃんと作り、人間に対抗するあの子も創造し、さらに大勢の魔族をも魔界から迎えた。遥《はる》かな昔、聖戦が終わる直前のことだけどね』

一拍《いっぱく》置き、苦しそうな声で続ける。

『だが、全能なる君の撤退《てったい》命令が出た直後、僕はそれまで仕えていたゲネシスを裏切り、拠点に集《つど》う魔族戦士を道連れにして、ここに閉じ籠《こ》もった。これ以上従っていれば、いよいよ人間界は壊滅的な被害を受けると思ったからね。当時、既に全能なる君の命令が届いてたけど、だからってここが健在な限り、ゲネシスはいずれ再戦を考えるだろうし、集《つど》う戦士もまた戦力として戻ってくるだろう？』

声は疲れたようにそう言った。

『ただし、これまで平穏だったのは、何も僕の手柄《てがら》じゃない。全能なる君がまだ健在で、ゲネシスが魔界から出てこられなかったお陰だろう』

アクターの言い分のうち、レインはむしろその前半部分に顔をしかめた。具体的には、『君達はまだ本当の意味で拠点に到達していないけど』という部分だ。

それを聞き、自分の密《ひそ》かな推測が裏付けられてしまった。

「待て。俺達があのイカサマな階段を下りた時、先行した連中はいなかったぞ」

「えっ？」

シェルファが目を瞬《またた》いてレインを見る。

アクターの今のセリフとレインの返事が、全く噛《か》み合っていないように思えたからだろう。

これは、本来は先にするべき質問をいくつか飛ばして、レインがいきなり結論を尋《たず》ねたからであって、シェルファの理解力のせいではない。

現に、当事者であるアクターにはちゃんと通じて、驚いたような声がした。

『なんだ……君はもう僕のからくりを見破っていたのか。なら教えてあげるけど、君達は既にあの階段を下り始めた時点で、僕の罠《わな》にかかっているんだ。全員が僕の拠点にいるけど、その実、君達の誰もそこにいない』

「なるほど」

謎かけのようなセリフに、レインは渋面《じゅうめん》で唸《うな》った。

「階段の途中か、それとも壁に触れた時か、それはこの際、重要じゃない。問題は今の状況だな。ここにいる限り、あらゆることが可能っておまえの大言壮語《たいげんそうご》は、そういうことか。まあ、それも今ひとつ甘い考えの気がするが、先手を打たれたのは事実だな」

『……君は話が早くて助かるなぁ。期待しただけのことはあるね』

「嫌みか、それは？」

『まさか！　僕は本気で感心してるのさ』

「あの、どういうことでしょうか、レイン？」

不気味に静まりかえるガルフォート城を不安そうに見てから、シェルファはレインの腕を揺する。

「後で説明するよ、チビ。あんまりいい気分にならないから、今は知らない方がいい」

「わかりました」

素直に頷《うなず》くシェルファに、アクターがまた声を上げた。

『君のような人がそばにいれば、その子も心強いだろうね。でも、今後はその君ですら手を焼く事態が起きる。やはり、決断すべきなのかな』

「おまえにも予感があるのか？　俺がかつて出会った、路傍《ろぼう》の予言者のように」

レインはさりげなく訊《き》く。

なんの予感か、おそらく今の状態ならこいつにもわかるはずだと思ったが、正解だった。

特に戸惑《とまど》う様子もなく、アクターは認めた。


『するね、強い予感がある。正直、サンクワールはもちろん、君の未来には暗雲が立ち籠《こ》めている。僕は、この個人的な僕の王国で閉じ籠《こ》もるうちに、レインのビジョン――つまり予知夢を見た。それ以後、しばしば君達を観察していたんだ。今のところ、僕の予知夢通りに事態が進行しているよ。おそらく、次はサンクワール本国だろう……もちろん、君はもう予感しているんだろうけど』


「レ、レインっ」

たちまち不安になったようで、シェルファはレインの腕に強くしがみつく。

自分自身も少し前に得体の知れない予知夢を見ているだけに、この手の話には敏感《びんかん》だった。

「悪いが俺は、あらゆる予言を無視することにしている。予言てのはな、本来、呆《あき》れるほど外れるものなのさ」

シェルファに微笑《ほほえ》みかけながら、レインはふてぶてしく言い返す。

「だいたいおまえ、俺がこれまでに何人から『おまえ、もうかなりヤバいよ？』って言われたと思う？　過去だけじゃなくて、最近だってゴロゴロいるぞ。だが、俺はこうしてまだ生意気な口を叩《たた》いてる、叩《たた》きまくってる」

言葉通り、レインは不敵な笑みを唇《くちびる》の端に刻む。

「俺にそういう話をしたいなら、おまえ、まず整理券買って並ぶ必要があるね」

『頼もしいなぁ』

満更嘘《まんざら》でもないような声音《こわね》で、アクターはしみじみと言った。

『ぜひ、このロクでもないビジョンが外れるといいと思ってるんだ。君が世界から消えると、多分、想像以上に悲惨《ひさん》なことになるから』

「そうか？　前に会ったメルキュールってヤツは、むしろ俺のせいで戦《いくさ》が長引くとか、ふざけたことを言ってくれたぞ。もちろん、だからって俺は一ミリも反省してないけどな」

そこでレインは、ようやくメインストリートの方へ路地を曲がり、見えないアクターに告げた。

「ところで、おまえはノエルやシルヴィアだけじゃなく、ゲネシスも隔離したんだよな？」

『もちろん』

「なら、どんな手を使ったにせよ、もうそれは破られた」

空を見上げ、レインは教えてやる。

「見ろ、真っ赤なあいつが登場したぞ」

途端に、シェルファがぱっと上空を見上げる。

背の高い建物が道の両脇に立つ路地なので、よく見えなかったが、しかし二人——いや、抱かれたアリサも含めて、三名がメインストリートに出た瞬間、はっきりと目についた。

つまり、曇天《どんてん》をバックにして黒い翼を広げた女と、真っ赤な衣装《いしょう》の男が。

そいつらのうち、メーベと呼ばれていたゲネシスの配下がいきなり先頭切って急降下を始め、いささかも勢いを減じることなく王宮の屋根に突っ込み、粉々に破壊して中へ飛び込んでいく。

その後から、哄笑《こうしょう》しつつゲネシスが悠然《ゆうぜん》と降下していった。

「ああっ」

ガルフォート城の正統な後継者であるシェルファが、悲壮な声を出した。

ここが自分の本当の領地ではないとわかっても、やはり心が痛むようだ。

ちなみに、なぜかアクターの返事はない。

「都合が悪くなると消えやがるっ」

レインはとっさに決断し、そこらの軒下《のきした》にアリサを下ろした。まさかこいつを抱いたまま、駆け付けるわけにもいかない。

「なんなら、シェルファもここに——残らないよなぁ」

途中でシェルファの表情に気付き、レインはあきらめにも似た苦笑を広げる。

「もちろんです！」

「よし、ならとにかく急ごうっ」

アリサの代わりにシェルファを抱き上げると、レインは猛然《もうぜん》と走り出した。

☆

銀髪《ぎんぱつ》の前髪は片目を隠すほどに長く、しかも冷え切った黒い瞳《ひとみ》は、闇そのものを映し出したような漆黒《しっこく》である。

今は堂々と他国の王宮に侵入しているのだが、彼の場合、その足取りすらも悠然《ゆうぜん》として慌《あわ》てる様子がなく、まるで自分の城をゆくがごとしだった。

人の気配がない無人のガルフォート城が、この時ばかりは彼の居城に見えてしまう。

改装したばかりの、三階分をぶち抜いた王宮の正面ホールも、あたかも彼一人のために存在するようだった。

――ザーマインのレイグル王が、一人で王宮ホールを歩いている。

魔族戦士であり、今や全世界を狙《ねら》う覇王《はおう》を自称する彼は、マントを捌《さば》いてゆっくりとガルフォート城の奥へ入ろうとしていた。

しかし、途中で思わぬ俊敏《しゅんびん》さを見せて、その場を飛び退《の》いた。

ほぼ同時に、遥《はる》か上の天井《てんじょう》が破壊され、真紅《しんく》の衣装《いしょう》を纏《まと》ったゲネシスが現れた。

お陰で、崩れた瓦礫《がれき》がさっきまでレイグルが立っていた地点に落ち、静かだった王宮内に破壊の音が木霊《こだま》する。

とはいえ、これはレイグルにとって意外というほどのことではない。

多少訝《いぶか》しく思ったのは、ゲネシスの腹心《ふくしん》たる、メーベの姿が見えなかったことだ。


「女の姿が見えぬようだが？」


何事もなかったかのように問いかけるレイグルに、ゲネシスは唇《くちびる》の端を吊《つ》り上げた。

「ああ、メーベならアクターの野郎を探すように命じた。このいけ好かない街にはヤツの気配がそこら中にあるが、強《し》いて言えばこの城から最も強く感じるからな。……おまえもそう思ったから、のこのこ現れたんだろうが。うん？　事情を知る元戦友よ」

「少し違うな」

レイグルは落ち着いて言い返すと、自らもその場で浮遊し、ゲネシスと同じ高さで止まった。

「俺は当時から、おまえが作るように命じた拠点にも、そしてそのまま埋《う》もれた兵器にもさしたる関心はなかった。あの戦いにまともな指揮官《しきかん》など存在していなかったし、それぞればらばらに戦うしかなかったからだ。当然、おまえのやり方など、俺の知ったことではない。ただし――」

そこまで話すと、レイグルは冷たく光る目をすうっと細めた。

「……今回の侵攻は、この俺が始めたことだ。この戦いに今更《いまさら》口を出すつもりなら、俺自らの手で阻止《そし》せねばなるまい。つまり、俺がここにいる目的は、貴様達を阻止《そし》することにある」

「ほほぅ？」

ゲネシスは右手を虚空《こくう》に伸ばし、白く長いスタッフ（棒状の武器）が生じ、その両端に真紅《しんく》の輝きが集まり始めた。

「それはつまり、こういうことか、レイグル？　貴様は、公然と俺と敵対することを決断したってわけか？」

既に、ブゥウウウンンと武器の両端の輝きから低い音がしている。

それを水平に構えてやや腰を落とし、ゲネシスはうっすらと笑った。

「一応、確認しとかないとな？　以前はお互い、味方という体裁《ていさい》になっていたことだし」

「マーシレスレッドか。おまえに相応《ふさわ》しい武器だな」

レイグルは特に驚いた様子もなく、ぼそりと述べた。

自分の剣を抜くでもなく、ただ事実を告げる口調で淡々と続けた。

「俺達は最初から仲間だったことなどない、ゲネシス。せいぜい、同じ敵を目指す中立の立場だった。しかし……今やおまえは俺の敵だ」

「はっはっは！　気が合うな、レイグルよっ」

ゲネシスはむしろ、黄金の瞳《ひとみ》を輝かせて破顔する。

「この俺も同じだ。むしろ、貴様はいつかぶっ殺してやろうと思っていたくらいだ。いいぜ、これを機会に貴様の首をぶち落とし、メーベとボール遊びにでも使ってやろうじゃないか」

宙《ちゅう》を滑空《かっくう》して襲いかかるゲネシスを目前にしても、レイグルはまだ抜剣《ばっけん》しない。代わりに、己の魔力を高め、右手を振る。


「塵《ちり》へとなって消え失せよっ。ダークデストラクション！」

言下《げんか》に、レイグルからひと筋の黒い塊《かたまり》が走り、瞬《また》く間に宙《ちゅう》を渡ってこようとしていたゲネシスの眼前で弾けた。

明らかに空間が歪《ゆが》み、派手に波打ったように見えた。

大音響が轟《とどろ》き、遥《はる》か上の天井《てんじょう》にあった金属製の大シャンデリアが、まず粉々になって砕《くだ》けた。

「ぬっ！」

彼がその場で急停止した途端、文字通り、王宮一階の大ホールを破壊の嵐が駆け抜けた。

装飾画で飾られた壁は周囲全てに亀裂《きれつ》を生じさせ、幾《いく》つもの巨大な窓が粉々に砕《くだ》け、大理石の床には無残なひび割れが走る。

先程の比ではなく、天井《てんじょう》から雨あられのように瓦礫《がれき》が降ってくる。

最初にまともにくらったゲネシスは、それこそきりきり舞いして飛び、二階の回廊からその先の壁をぶち抜き、さらに奥の部屋へ飛び込んでいった。

「……単純な破壊力ではどうかと思ったが、まだ甘いようだな」

周囲の激震などどこ吹く風で、レイグルはゆっくりとホールの床に降り立つ。

視線は、ゲネシスの身体が飛ばされた回廊の方を見ていた。


「てめぇ……なかなかしゃらくさいことしてくれたな」


思った通り、ゲネシスはすぐに回廊から飛び出してきた。

そのまま二階の回廊から飛び降り、レイグルの少し先に着地する。未《いま》だにマーシレスレッドも手にしていて、さほどダメージを受けたようには見えない。

せいぜい、渋面《じゅうめん》で銀髪《ぎんぱつ》を掻《か》きむしって白い埃《ほこり》を落とした程度である。

「ふん。不死身だとは聞いていたが、確かに頑丈《がんじょう》そうだ」

「当たり前だ、馬鹿野郎」

ゲネシスはぺっとその場に唾《つば》を吐《は》く。

彼もまた、周囲の惨状《さんじょう》などまるで気にした様子はなかった。

「俺を殺せるヤツなんぞ、どこにもいない。それを教えてやるぜ、レイグル」

「ならば、その不死身とやらを試してやろうっ」

ついにレイグルも己の剣を抜いた。

真紅《しんく》に輝く長剣を見て、ゲネシスが不敵に笑う。

「はっは！　その毒々しい魔法のオーラは、なかなかいいな。相変わらず貴様も、戦いに明け暮れているようだ」

レイグルは自ら漆黒《しっこく》のマントを外し、そこらに投げ捨てた。

「おまえと一緒にされるのは迷惑だ」

「はっ、ほざけ!!」

二人が互いに床を蹴ろうとしたその時――

予期せぬ陽気な声がこの場に響いた。


「おぉー、よりどりみどりってヤツかぁ？」


そして次の瞬間、低く唸《うな》るような複数の音が二人に殺到《さっとう》する。

「まずは、招待の礼をしよう。お代わりもあるから、遠慮《えんりょ》なく受け取ってくれ！」

「遠隔攻撃——あいつかっ」

「なにっ!?」

レイグルがぱっと顔を上げ、ゲネシスが急停止した途端、巨人の腕で一撃したように、王宮が大揺れに揺れた。

「うおっ」

突き上げるような揺れと同時に床が大きく抉《えぐ》れ、鮮血《せんけつ》を噴き上げてゲネシスはもんどり打って転がった。

「むっ」

次に遅れて飛来した斬撃《ざんげき》が、レイグルが自ら張った魔法結界にぶち当たり、あっさりその防壁を斬り裂いてレイグル自身を襲う。

それでも見えない斬撃《ざんげき》は止《や》まず、次から次へと不可視の攻撃がホール内を荒れ狂い、ついには天《てん》井《じょう》が崩落してしまう。

空間に不気味な風切《かざき》り音が満ちる。

今度こそ四方の壁も倒壊し、二人の魔人の上に瓦礫《がれき》の山が一斉に崩れ落ちた。

☆

音を立てて屋根ごと崩れる王宮正面ホールを見ても、シェルファは「まあ」と口元に手をやったくらいで、先程と違ってさして落胆《らくたん》は見せなかった。

もう慣れたのか、あるいはレインがやった場合は気にならないか、そのどちらかだろう。


『……君は、インビジブルアタックは嫌うかと思っていたよ』


再び聞こえたアクターの声に、傾国《けいこく》の剣を収めたレインは堂々と答えてやった。

「今のは、俺を利用しやがったレイグルへの返礼だ。あと、ゲネシスへは嫌がらせかな。だいたい、ヤツらはあれくらいで死ぬようなタマじゃない」

レイグルの気配を認めた瞬間、レインは彼の狙《ねら》いを正確に悟ったのである。

そもそも、事前予想とそう食い違っていたわけでもなかった。せいぜい、他の候補が幾人かいた程度で、レイグルは最も怪しいと思っていた一人である。

「密書で呼びつけた俺達とゲネシスをぶつけて、自分はその間にこっそり兵器を掠《かす》め取ろうなんて、ふざけた野郎だと思わんか？」

『それは確かに。でも、効率優先の彼らしいとも言えるけどね』

「なぁにが、効率優先だ。欲しいものがあるなら、自分が汗をかけっていうんだ。人を巻き込むから、こうなるのさ」

レインは即座に反論してやった。

「ペナルティとして、俺がヤツの役割に割り込んでやる」

復讐《ふくしゅう》の笑みと共に宣言する。

「今の奇襲で、ヤツらにも隙《すき》ができたはずだ。おまえも、時間が稼《かせ》げたんじゃないのか？」

『うん、お陰でまたしばらくは彼らを隔離できたね。正直に言うと、助かった』

「素直なのはいいことだ。だが、どうせ時間の問題だな。間抜けなウサギ共《ども》が脱落した間に、俺がとっととお宝を頂くか」

途端に、シェルファがぱっとレインを見る。

それはどういう「たとえ」でしょうか！　と訊《き》きたくてうずうずしているのがよくわかる。

訊《き》かれる前に、レインはシェルファを再び抱き上げ、その場で大きく跳《と》んだ。

途端に嬉《うれ》しそうに笑うシェルファの声を聞きつつ、王宮の途中階に張り出した大バルコニーまで飛び上がる。

そこはまだ辛《かろ》うじて無事だったが、いつ崩れるかわからないので、レインは急いでシェルファと共に部屋に入って抜け、そのまま歩廊《ほろう》へ出た。

途中、いくつかの螺旋《らせん》階段を上がり、さらに歩いて王宮本棟へ向かうと、まっすぐ自分の部屋を目指した。

王都リディアのどこにいようとアクターの気配を感じていたが、しかし最も強く感じたのが王宮で、しかも――レイン自身がガルフォート城内に持つ部屋だからだ。

部屋の前に至ると、ひとまずシェルファを下ろし、用心のために自分が前へ出る。

特に緊張感もなくドアを開けると、予想通り、自分のベッドに夜着姿の見知らぬ少年がいた。長い銀髪《ぎんぱつ》を伸ばした繊細《せんさい》そうな少年だが、顔色が今ひとつよくない。

レイン達が入ってくるのを見ると、苦しそうに上半身を起こし、弱々しく笑った。

「やあ……やっと君と出会えた」

レインは答えず、広くもない部屋を見渡し、そこが確かに自分の部屋であることを確かめる。置いてある書棚の本までタイトルが同じで、思わず眉《まゆ》をひそめた。

「なあ、ここだけの話にしてやるから、ぜひ教えて欲しいんだが――」

そっと囁《ささや》く。

「ヤバい趣味があるなら、今のうちに教えてくれ。後はレイグルに押しつけて、とっとと退散する」

意外にも、心底楽しそうな笑い声が聞こえた。

ただし、途中で咳《せ》き込み、苦しそうに背中を丸めてしまったが。

「いや、別に今のは冗談《じょうだん》じゃないんだが……大丈夫か」

小さな椅子《いす》を引き寄せ、レインはベッドのそばに座る。

邪魔したくないのか、シェルファは部屋の隅に立ったままで動かない。

「ここにいてさえ、そうなるのか？」

レインの謎の問いかけに、アクターは笑って答えた。

「身体の不調は、自然と内なる部分にも現れるものさ。そうだろ？」

それでもアクターは、なんとか呼吸を回復した。

「君の質問に戻るけど——いや、そういう趣味じゃないよ。どうせこういう場所を再現したんだし、最上階で待ってもよかったんだけどね……どうせなら、夢で見た君の部屋にしようと思った。……この部屋はいいな、人見知りする僕と趣味が似てる」

「千年以上も閉じ籠《こ》もる場所としては、少し寂《さび》しすぎるだろう。外には魂《たましい》『だけ』とはいえ、魔族共《ども》が封じられているし」

さりげなく言ってやると、アクターは肩をすくめた。

「まぁね。だけど、仕方ない……僕の力じゃ、これがせいぜいだ。共に自滅することはできるけど、これまではその勇気もなかったし」

「侵略を嫌うおまえが、ゲネシスの拠点を突然、集結した魔族ごと封じてしまったのはわからんでもない。しかし、よくぞこんな長い間、潜《ひそ》んでいられたものだ」

「……それは僕の力というより、全能なる君の御力《おちから》だろうね。あのお方が『否』と言えば、あえてその命令を無視して人間界に来ようなんて魔族は、ほとんどいないよ……もちろん例外はいるけれど、その彼らだって、まさか僕が未《いま》だに健在だとは思わなかったはずだ」

アクターの言葉は、暗にレイグルのことを指したのかもしれなかった。

あるいは、これまでにレインが会った魔族の誰かを。

「でも、それもこれまでだ。隠れ住むのも限界さ。時が近づいている……暗黒が全てを覆う時が」

囁《ささや》くようにアクターは言う。

声が、恐ろしいほど真剣だった。

「あり得ないと思っていたことだけど、どうやら全能なる君の御力《おちから》が弱まり、次元の壁は日に日にその強固さを失っているようだね。この分だと、今後はさらに魔族が増えるかもしれない。僕の隠《いん》遁《とん》生活も――」

そこでひとしきり咳《せ》き込み、アクターはようやく続けた。

「……い、隠遁《いんとん》生活も、終わりが来たってことさ。レイグルだけならまだごまかしも利くけど、ゲネシスがこっちに来てしまった以上、見つかるのは時間の問題だとわかっていた……予想より早かったけどね」

「あいつが望むのは、おまえが自分ごと封印した魔族戦士か？　それともおまえが創造したというホムンクルスか？」

「両方だろうけど、あえて言うなら兵器の方だろうね。もっとも、永劫《えいごう》の時を共に過ごし、もはや彼女は僕の娘も同然だけど」

「あいつもそこそこの実力なのに、それでもおまえの娘を欲するわけか？」

「君は優しい人だね」

なぜかアクターは、眩《まぶ》しそうにレインを見た。

「僕が彼女をどう思ってるか知った途端、ちゃんと娘として呼んでくれるんだ？」

戸惑《とまど》いを見せるレインに口元を綻《ほころ》ばせ、続ける。

「それはともかく、ゲネシスを相手に『そこそこの実力』なんて評する人は、多分君だけだと思うよ。……話を戻すけど、実は彼とレイグルが揃ってここへ来たのは、僕にとっては僥倖《ぎょうこう》なんだ」

そこでアクターは、ふいに笑みを消してレインをじっと見つめる。

「でも、まずは君をどうするかだね。あの子を託すに足りるかどうか、それを見極める必要がある」

「そこまで、娘とやらはとんでもない力を持つわけか？」

「長い長い時を過ごす間、僕はあの子――リューンに全てを教えた。僕が知る限りの魔族戦士の戦闘能力はもちろん、この人間世界を垣間《かいま》見て知った戦士の力も。僕が彼女に授けたのは、相手の力をかなり正確にコピーしてしまう能力なのさ」

　アクターは人の悪い笑みを広げる。

「時間だけは有り余っていたから、当然、君の力も参考になってる。もちろん、誰であろうと全てをコピーするなんて不可能だけど、近いレベルで再現できるだけでも大したものだと思わないかい？」


「——それだけじゃないな？」


　挑発《ちょうはつ》とも言うべきアクターの言葉に、レインは冷静に返す。

「よくぞ話してくれたと言いたいが、まだ理由があるはずだ。なにせレイグルもゲネシスも、その程度の能力じゃ、そこまでおまえの娘にこだわるわけがない。あの無駄に傲慢《ごうまん》な連中は、『コピー能力ごとき、俺の実力で粉砕《ふんさい》してやるぜ、ぐはは っ』とか思ってそうだからなぁ」

「……それは、君自身も同じだろう？」

　アクターの質問に、レインは黙ってふてぶてしく笑ってやる。

　気を悪くするかと思ったが、こいつはまた、眩《まぶ》しそうにレインを見返しただけだった。

「その笑い方、夢で何度も見たんだよ……いやぁ、実際に見ると、これまで大勢が歯ぎしりしたのが、よくわかるなぁ」

「お邪魔してごめんなさい、レイン」


いきなりシェルファの声が割り込んだ……ただし、いつもとは全く違う、冷え切った声で。

「メーベが急速に動き出したわ。おそらく、彼の娘を見つけたようね」

「というより、僕が呼んだんだ」

むしろ、驚いたようにアクターがシェルファを見る。

「まさか、僕と同時に気付くとは。君はひょっとして——」

「無駄話は後だ」

レインはきっぱりと遮《さえぎ》り、立ち上がった。

「おまえがどういうつもりで娘を呼んだのか知らんが、俺としちゃ、みすみすあの翼女にその子を奪われるわけにはいかない」

「わかってるよ、うん。ぜひ健闘してくれ」

不思議な自信を見せて、アクターは頷《うなず》く。

その時には、もうレインはシェルファと廊下《ろうか》に飛び出していたが、あえて閉まったドアに向かって独白した。

「実を言うとね、僕が本当に会いたかったのは君なのさ、レイン」

仮にレイグルが密書を送らなくても、どうせアクター自身がレインをこの場に呼んでいただろう。

……本当の意味でアクターが会うべきだったのは、実はレイン一人だったのだから。

☆

レインとシェルファは部屋を出てさらに王宮の石段を駆け上がり、屋上への最後の螺旋《らせん》階段を上がっている。

その途中、華々しい喚《わめ》き声と誰かが冷静に返す声が聞こえた。

『お、おのれぇえええっ』

『防御、同時に攻撃』

両者の声の後、王宮全体が揺れるような振動が来た。

その後も、（おそらくは）メーベのものらしき喚《わめ》き声や叱声《しっせい》などが届き、さらには王宮がまたもや大きく揺れたりしたのだが——メーベ以外の何者かが「クリスタルプリズン」と低く声に出したのを最後に、ふっつりと静かになってしまった。

「なんか……激闘の末に、あのメーベって女があっさり倒された感じか？」

レインが渋面《じゅうめん》で独白すると、背後から続くシェルファが答えた。

「不甲斐《ふがい》ない女ですこと……所詮《しょせん》、これが従僕《じゅうぼく》の限界」

屋上に出る直前で、レインはふと立ち止まって振り向く。

見かけはいつものシェルファでありながら、ある意味全く別人に見える女性が、小首を傾《かし》げてレインを見返した。

「気に障《さわ》ったのなら、謝るわ」

「おいおい、デカい態度はお互い様だろ？　そうじゃなくて、久しぶりだからちょっと顔を見たくなっただけだ」

「まあ。またそんな……嬉《うれ》しいことを」

冷え切った氷像のような顔が、ゆっくりと綻《ほころ》ぶ。

いつものシェルファが決して見せない、大人びた表情だった。

「おまえにならも頼めそうだな。俺がその子をちょっと『説得』するまで、誰も近づけないでくれるか？」

レインは、説得の部分をあえて強調する。

「しかと引き受けました」

シェルファは、まるで自分こそがレインの臣下であるような態度で、恭《うやうや》しく低頭《ていとう》する。

レインが衝動《しょうどう》的に手を伸ばして髪《かみ》に触れると、シェルファはレインから目を逸《そ》らさないまま、静かにその手を引き寄せ、手の甲に口付けした。

「いつも……見守っています」

「知ってるよ」

最後に軽く頬《ほお》に手を触れ、レインは今度こそ身を翻《ひるがえ》して石段を駆け上がった。

尖塔《せんとう》や傾斜のついた屋根が多いガルフォート城の中で、サロン（客間）の上に当たるこの屋上部分は、例外的に平坦で十分な広さがある。

その四隅にある階段の塔の一つから、レイン達は外に出た。


屋上に出てまず目に入ったのは、メーベである。

前に会った時のような革の衣装《いしょう》ではなく、袖のないぴったりと肌《はだ》に張り付く水着のような格好《かっこう》だった。髪《かみ》の色と同じく真っ黒だし、ノエルの格好《かっこう》と似ているが、彼女と違って腰の部分は半透明のフレアスカートで覆われている。

どうせ下は一体型のスーツっぽい衣装《いしょう》なので、同じことなのだが。

問題は、メーベは何か焦《あせ》ったような表情を張り付かせたまま、宙《ちゅう》に浮いて動かないことだ。

いや、よく見れば円筒形の透明な『何か』に閉じ込められていた。光の加減でたまにきらっと光るものの、よくよく見ないとその形が見えないのだ。

おそらく、クリスタルプリズンとやらが、アレなのだろう。

そういえば、屋上は所々派手に石床が崩落していて、惨憺《さんたん》たる有様《ありさま》だった。

「まあ、生きてるならいいか」

半ば敵も同然の相手なので、レインはあっさり言った。


「……おまえが、お父様の言ってた例外戦士？」


ふいに低い声をかけられ、レインはようやく問題の相手を見る。

もちろん、紛《まぎ》れもなくこいつがメーベを拘束《こうそく》したヤツに他ならないのだが、見かけはただの大人びた少女だった。

ただし、徹底《てってい》して無表情であり、感情というものがすっぽり抜け落ちたように見える。

長く伸ばした銀髪《ぎんぱつ》を額の途中で大胆に分けていて、少し吊《つ》り目がちだった。

瞳《ひとみ》は薄い青色をしているのだが、普通の人間とは多少、違う。シェルファと同じで白目の部分というものがなく、中心から外にグラデーションのように色が広がっているのだ。

「お父様ってのは、あのアクターか？　後学《こうがく》のために、なんと言ってたか教えてくれ」

話しかけながら、レインは緊張感もなく近づいたのだが——あいにく向こうは、レインが接近した分だけ、後ろに下がってしまった。

なぜか警戒されているらしい。

その不思議な瞳《ひとみ》をじっとレインに当て、彼女はぽつんと述べた。

「お父様が言ってた。数多《あまた》の戦士のうち、もっとも重視すべきは貴方《あなた》だけど、同時に最も参考にならないのも貴方《あなた》だと。でも、リューンは貴方《あなた》の戦闘データも持っている」

「データなんざ、あまり意味ないな……いや、おまえみたいに素直なヤツだと、多少は有利かもしれないが」

「貴方《あなた》のこと、よくわからない……お父様は、リューンが自分で判断しなさいと言った。でも、リューンにはわからない。お父様の力で外の世界はよく見せてもらっているけど、実際に動いてる人を見たのもついさっきが初めてだし」

なぜか両腕を後ろで組んだような『休め』の姿勢で、リューンとやらはレインをじろじろ観察する。これも、あまり普通の人間が通常やる姿勢ではないだろう。

お返しに、レインもリューンを観察してやった。

袖のない上下一体型の短い胴衣《どうい》を着込んでいたが、ウエストリボンが腰に巻かれ、スカートの両端にはスリットが入っていた。

お陰で、大人びた表情の割にひどく女の子っぽく見える。

さらに両足は全て黒いストッキングで覆われていて、服が純白のためか、対比が鮮やかだった。

「……その服装はアクターの勧めか？」

「ううん。お父様はリューンに何も強要しない。これはリューンの好み」

「いい趣味だなー」

なぜか背中に当たるシェルファの視線が気になったが、レインは感心して褒《ほ》めてやった。

「特に薄着のところが」

「女をじろじろ見る男は、大抵は心に浅ましい獣欲《じゅうよく》を秘めていると、お父様が——」

淡々ととんでもないことを言われた途端、遥《はる》か上空から喚《わめ》き声がした。

「おまえかあっ、私をろくでもない迷宮に閉じ込めたのはっ」

「うおっ」

見上げれば、上空から怒《いか》り狂った顔のノエルが急降下してくるところだった。

レインではなく、まっすぐにリューンを見据《みす》えている。どこかに閉じ込められていたらしいが、出て彼女を見つけた途端、こいつが犯人だと決めつけたらしい。

レインは大急ぎで手を上げようとした。

もちろん、「ちょっと待て」と止めるつもりだったのだが、あいにくリューンの方が早かった。

「明確な攻撃意志を確認！　直《ただ》ちに形態変化、並びにロック完了」

ぱっとそちらを見ると、既にリューンは休めの姿勢を解いていて、しかもその右手が巨大化していた。

どこかで見た形状だったが、それもそのはずで、亡きサラが好んで使った、右腕の攻撃形態である。彼女が具現化してみせた武器となんら変わりなく、巨大な大筒《おおづつ》の形をしていた。

「な、なっ」

間近に迫っていたノエルもこれに驚き、さすがに空中で急停止した。

「――発射！」

「待てっ」

レインの制止は刹那《せつな》の差で間に合わず、記憶にある真紅《しんく》の閃光《せんこう》が筒先から放たれ、虚空《こくう》を斬り裂いてまっしぐらにノエルを襲った。

サラのあの攻撃と、まるで遜色《そんしょく》がなかった。

しかしそこで、途中で一陣の風のように上空へ舞い上がったシェルファが、途中で片手を上げて閃光《せんこう》をあっさり受け止めてしまった。

恐ろしいスピードであり、レインですら速すぎて目で追いきれなかったほどだ。

「な、なんだっ」

庇《かば》われたノエルの方が、かえってぎょっとしてシェルファを見たほどだ。

「おまえ、また変化したのか！」

「別におまえのためじゃない」

シェルファはそちらを振り向きもせず、冷ややかに返す。

変化云々《うんぬん》のセリフは、さらりと無視した。

「これはレインの要請《ようせい》外のことだけど、一応は止めたまで。それと、おまえもレインの邪魔をしないように」

「何様だ、貴様っ」

早くも険悪だったが、今度はレインの介入が間に合った。

「待ってくれ、ノエル！　この子は今回の犯人じゃない。そいつとはさっき俺が話した。ここは俺に任せてくれないか」

「……む」

ノエルは静かに屋上に降り立ったシェルファと、それからレインを見比べ、最後に自称リューンを眺《なが》めた。

自分も降下しつつ、恐ろしく機嫌の悪い声で言い捨てた。

「また女かっ」

「……いや、俺も初対面だって」

しなくてもいい言い訳をする羽目になり、レインは思わず苦笑した。

ちょうど、全員が落ち着いたその時、周囲が妙に歪《ゆが》んで見えた。それはほんの一瞬のことだったが、確かに視界が陽炎《かげろう》のように揺らぎ、景色がボヤけたのである。

「お父様っ」

途端に冷静だったリューンが、曇天《どんてん》を見上げて叫《さけ》ぶ。無表情だった顔が歪《ゆが》み、ひどく心配そうだった。

「リューンを戻してくださいっ」

『戻すが、それは僕を助けるためじゃない、リューン』

どこからともなく、またアクターの声がした。

ただし、ひどく苦しそうな声だった。

『……おまえにも話してあるはずだよ。とうとう、待っていた時が来たんだ。僕は閉じ込めた同胞《どうほう》と共に、一足先に逝《い》く。リューンはレインと一緒に行きなさい。そこから先は、リューン次第だ』

「いやですっ。リューンはお父様と――」

途中でふっとリューンの言葉が途切れ、彼女はレイン達の眼前でそのまま薄れて消えてしまった。

「なんだ、消えたぞ?」

ノエルが訝《いぶか》しそうに言ったが、すぐにアクターが叫《さけ》んだ。

『いけないいっ。レイグルやゲネシスも僕の心の迷宮から脱出したっ。彼らの力を甘く見たようだ』

「なら、早く俺達をおまえの心から解き放て。後は俺とシルヴィアがなんとかする。……もう出て来ていいぞ、シルヴィア!」

レインが呼びかけた途端、全く予期せぬ場所に、ふいにシルヴィアが現れた。

それこそ、あたかもリューンと入れ替わるように。

悪戯《いたずら》っぽい笑みを見せた彼女は、レインに歩み寄りその手を取る。


「アクターさんの本当の居場所は見つけたけど、どうする?」


『な、なんだって』

狼狽《ろうばい》したアクターの声に、今度は断固とした声でシェルファが割り込んだ。

「レイン、あの二人が来ます……ほぼ同時に迷宮とやらから脱出したようですね」

シェルファの言う通りだった。

まだ姿は見えないが、恐ろしく強い力の波動が二つ、東西から急速に接近してくる。

「おい、いずれにせよ、俺達を早く戻してくれ。これ以上の問答は無用だろう」

『わかった！　リューンを頼むよ、レイン』

アクターが叫《さけ》ぶと同時に、また派手にレインの視界が揺らいだ。

「今度はなんだっ」

ノエルが目を剥《む》いたが、その時にはもう、周囲に闇の帳《とばり》が下りた後だった。

☆

（現実世界で）目覚めたレインが起き上がると、そこは王都リディアとは似ても似つかない、薄暗い路地の上だった。

すぐ近くでは、既にシルヴィアとシェルファが起き上がるところで、さらにノエル、それに途中で別れたはずのアリサや最後に消えたリューンまで倒れている。

ただ一行の中で、アリサとリューンのみは、まだ倒れたままで動かない。

「これはどういうことだ!?」

起き上がったノエルが、すぐに顔をしかめた。

「また勝手に飛ばされたのか？」

「違う。俺達は最初から、ここに転移されてたんだ」

レインは即答した。

周囲を素早《すばや》く見て取り、おそらくここが地下の岩盤層に空《あ》いた、空洞《くうどう》のような場所だと見当を付けた。

予想に過ぎないが、自分達でこの空間を作り上げたわけではなく、元から聖域の地下にあった空《くう》洞《どう》世界を利用したのだろう。

まだ拠点が本格的に使用される前だったとはいえ、これまで見つからずに来たのも、それでわかる。

地下ならば真っ暗闇のはずだが、どこかに光源があるのか、ここはほのかに明るい。

既にかなり整備されていて、煉瓦《れんが》造りの味気ない建物が延々と続いているのが見える。

網の目のように建物が密集しているのを見ると、あいつが言うところの『全能なる君』とやらの目を盗み、戦力を集めて兵舎の代わりにでもするつもりだったのかもしれない。

……それに、ここにも路上に大勢の魔族戦士が倒れていた。ただしさっきの王都内とは違い、別に光ってはいない。

それも当然で、あれが彼らの本体——つまり、生身の身体だからだ。

ノエルがまた言った。

「ここが地下だというのはわかるっ。しかし、この有様《ありさま》はどういうことだ？　なぜ私達はあの双子都市のような王都とは、別の場所にいるんだ」

『悪いけど、長々と説明している暇《ひま》なんかない。それは後でレインにでも訊《き》くといい。君達はひとまず、そこから脱出するんだ』

これればかりは変わらない、アクターの声が聞こえた。

ただし、最初よりかなり苦しそうではある。

『レイグルとゲネシスを、どこまで抑えておけるかわからないんだ。僕の心の迷宮から脱出したように、いつ何時《なんどき》、自らの力で僕の心を引き裂いて脱出するかわからない。そうなる前に、僕は最後の力を使う。この時のために残しておいた力をね。レインっ』

「気が変わらないのなら、しょうがないなっ」

レインは倒れたままのアリサを肩に担《かつ》ぎ、そしてシルヴィアは自らの意志で、リューンを抱き上げた。そのまま二人は、胡散《うさん》臭い顔つきのノエルのそばに集まる。

最後に、レインにシェルファが寄り添い、準備が完了した。

「準備いい……後悔しないのね？」

「自分の先が長くないのを知ってるんだろう、あいつは。なら、思いを遂《と》げさせてやるさ」

レインが呟《つぶや》くと、アクターの声がまた答えた。

『その通りだよ、レイン。僕にはもう未来がない。どうせ寿命は近かった——そのことは、はっきりとリューンにも言ってあるから』

「だからって、この子が納得するとは限らないんだが」

レインは肩をすくめ、一人だけまだ事態を把握《はあく》していないノエルが、苛立《いらだ》って地団駄《じだんだ》を踏んだ。

「だからっ。どういうことなのか、私に説明を――」

シルヴィアはノエルを無視して、いきなり彼女とレインの肩に、それぞれ手を置く。


「――脱出するわよっ」


「いつでもいいぞっ」

レインが応じた途端、また視界が揺らぎ、地下世界から全員が消えた。

最後の瞬間、レインは『さようなら、レイン』と寂《さび》しそうに告げる、アクターの声が聞こえたような気がした。

『もう君は、僕がしたことを見抜いているようだが……君が本当の意味で真実に辿《たど》り着いてることを祈るよ――』

最後の方は、掠《かす》れてもうよく聞こえなかった。

どのみち、この部分を聞いていたのは、レインだけだったかもしれない。

今度こそ、見覚えのある場所に着いた。

つまり、元々レイン達がうろついていた。聖域の一角である。

あのピラミッド状の妙なシンボルを見つける前にいた、針葉樹林のただ中である。

ただ、レイン達がそこに現れた途端、巨大地震かと思うような地響きがして、遠くの針葉樹林がまとめて傾《かたむ》き、音を立てて倒れた。

レインが軽く飛び上がって確認すると、遥《はる》か先で大規模な地盤沈下が起こり、その周辺に黒々と穴が空《あ》いているのがわかった。

静かに降り立ち、レインはそばの樹にアリサをもたれさせてやる。

シルヴィアもリューンを近くに下ろしてやっていた。

シェルファはもう元に戻っているのか、まるで今目覚めたような顔で周囲をきょろきょろしていた。

「レインっ」

「大丈夫、大丈夫……もう全部終わったよ」

シェルファの肩に手を置き、レインは息を吐《は》く。

「あいつ、拠点ごと自決しやがった」

「それで、説明はっ」

レインの独白に、不機嫌なノエルが同じ質問を繰《く》り返す。

腰に手を当て、また地団駄《じだんだ》を踏みそうに見えた。

「してやるさ。つまりだな、あの長い石段を下《くだ》った途中だか、最後の壁に手を当てた瞬間か、それはわからんが——とにかくあそこで、俺達はあの幻のリディアに飛ばされていた」

「それはっ」

「多分、からくりは簡単なんだ」

言いかけたノエルに片手を上げ、レインは続ける。

「あの、わざとらしいイカサマピラミッドの目印があった地下への階段は、実は拠点とは何の関係もない。単なるアクターの罠《わな》で、わざと見つけてもらうためのものだった。あそこへ入ると同時に、俺達は自動的にヤツが地下の空洞《くうどう》世界に作り上げた拠点へと『強制転移』させられていたのさ」

「それだと、あの王都の説明がつくまい——あっ」

途中でノエルは顔をしかめた。

「どうした？」

「いや……後で思い出したことだが、昔、元の仲間から、アクターとやらは己の心を武器として戦うことが多いと聞いたんだ。そこを見込んだゲネシスが、一時《いっとき》自分の部下にしていたとか……もちろん、私が知るのは噂話《うわさばなし》に過ぎないが」

「実際、それがあいつの得意技なんだ、多分」

レインはまだ砂埃《すなぼこり》が上がる遠方に目をやり、教えてやる。

「さっきも言った通り、俺達はヤツの罠《わな》にハマって強制転移させられた。時を凍結《とうけつ》させた地下都市の中へとな。ただし、まともに移動したのは身体の方だけで、俺達の心はアクターの内なる世界——ずばり言えば、ヤツの心の中に閉じ込められていたわけだ」

「だから、どれほど本物のように見え、あらゆる物に触ることができたとしても、あの王都にあったのは、本物じゃない——囚《とら》われた魔族戦士の魂《たましい》を例外として、ね。あそこであたし達が見たのは、彼が自分の心の中に作り上げた、魂《たましい》の牢獄《ろうごく》なのよ」

シルヴィアが静かに補足する。

「その通り。だからこそ、あいつは自分があそこじゃ最強だと吐《ぬ》かしたのさ……本当はそうでもなかったんだが」

レインが首を振ると、元に戻ったシェルファが意外そうに言った。

「では、あそこで倒れていた魔人の人達は、あの人がその魂《たましい》ごと封じていたわけですか？　それでは、今の爆発は——」

「おまえ、途中から見てないだろうに、よく話についてこられるな」

ノエルはシェルファを忌々《いまいま》しそうに見る。

「だが……そこまで聞けば、私にもわかる。今の爆発は、魔族戦士の抜け殻《がら》ごと道連れにして、ヤツが自死を選んだということだ。最後の力を使うというのは、このことを指していたんだろう」

「そういうことね」

シルヴィアがどこか寂《さび》しそうな顔で首肯《しゅこう》する。

「かくして太古の拠点はそのまま大地に埋《う》もれ、最初からなかったことになってしまったのね」

「では、レイグル王と赤い人は？」

今度はシェルファがレインに問いかける。

一部、ひどく適当な呼び方だが、もちろんレインには誰のことかよくわかる。

「自分が道連れにして、あいつらも片付けた——とアクターは思っているだろうが」

レインは渋面《じゅうめん》で首を振る。

「ヤツらはそう簡単に殺《や》られるようなタマじゃないね。俺が途中で気付いたように、ヤツらだって、どこかの段階でアクターのからくりに気付いただろう。つまり、途中からはあえてアクターの捨て身の策に乗った振りをしていたかもしれない」

「どうせすぐわかるわよ……二人揃って無事なことが」

レインの代わりに、シルヴィアが断言した。

「それより、間もなくリューンって子と、アリサが目覚めるんじゃない？　そろそろ帰りますか」

暗に、サンクワールの陣に戻ることを促した。

「ああ。少なくとも、もうアクターに会える気遣いはない」

レインも賛成したが、まだすやすや眠るリューンを見て、一抹《いちまつ》の危惧《きぐ》を覚えていた。

ホムンクルスとはいえ、アクターには懐《なつ》いていたらしい、彼女である。

目が覚めた時にどれほど嘆《なげ》くか……それを思うと、少し危惧《きぐ》を覚えたのだ。

それに、アクターは全てを語ったように見えて、実は肝心《かんじん》なことを打ち明けずに逝《い》ってしまった。

最後まで、ゲネシスやレイグルがこの子を欲した理由を話さなかったのだ。

レインとしては、それもひどく気になっていたのである。

エピローグ　光の当たる場所

マイエンブルク城の敷地内には、王宮のそばに白亜の教会がある。

バルザルグ王国は以前、国を挙げて天界王《てんかいおう》を崇《あが》める二大神《にだいしん》の宗派に属していたので、これはその名残《なごり》だろう。

ただし、バルダー王治世の頃には、彼を含めて廷臣のほとんどが訪れたことがなく、以後三年の月日を無為《むい》に過ごし、ようやく教会本来のつとめを果たそうとしていた。

天界王《てんかいおう》を信仰する創世教団の大司教が訪れ、祭壇《さいだん》で『彼女』を待っているのだ。

冥界王《めいかいおう》と違い、天界王《てんかいおう》の姿を見た人間は皆無《かいむ》と言われるので、あいにく他の神を崇《あが》める宗派のように、神そのものを表した像はない。

ただし、天界王《てんかいおう》は太陽神《たいようしん》の別名も持つので、祭壇《さいだん》正面の白壁には、太陽を象《かたど》った円形のシンボルがある。

壁が向いている方向も、ちょうど太陽が昇り始める東の方角だった。

さらには、このバルザルグ建国の英雄『奇跡の乙女《おとめ》』と呼ばれたファンティーヌの銅像が、そのシンボルの下に立っていた。

これは、ファンティーヌが神の座に近いということを示すものではなく、天界王《てんかいおう》の加護の下、この地に正義を成すために戦ったという象徴だった。

以来、バルザルグでは、本来は玉座に就《つ》くものは必ず、天界王《てんかいおう》とファンティーヌの両名に対し、今後玉座にある限り、自らが正義を成すことを誓《ちか》わねばならない。

そのための戴冠式《たいかんしき》であり、これをもって初めてこの国の王として認められるのだった。

バルダーはこの戴冠式《たいかんしき》を完全に無視したが、『レイン』はあえてクレアに、戴冠式《たいかんしき》を行うように勧めたのである。


数奇な運命の末、クレアの元に来た少年のレインは、今、教会の外でクレアと共にいる。

これは、先日のサンクワールで起こったことと偶然《ぐうぜん》にも似た状況だが、まだ十五歳の時代を生きるレインは、そんなことは知らない。

それに、今クレアのそばにいるのは、レインのみではない。

姉のタルマも……そして感激のあまり目に涙を浮かべているレスターも、それにここに来られるメンバーはほぼ全員が来ていた。

「向こうの用意はできているらしい。そろそろ中へ入ったらどうだ？」

金糸の飾り織りがふんだんになされた、純白のコルセットドレス姿のクレアを、レインが促す。

本人は置物になったかのように、先程から眉根《まゆね》を寄せてスカートの裾《すそ》を摘《つ》まんでいるのだった。

気のせいでもなんでもなく、誰が見ても途方に暮れているように見えたし、実際今、普段は着けたこともない自分のマントを振り返り、引きずった裾《すそ》に顔をしかめていた。


「大司教殿が来ているそうですが……そもそも私は、天界王《てんかいおう》など信仰していないのですが」


十日も前から様々な「戴冠式《たいかんしき》など不要な理由」を並べ立てていたクレアだが、最後の最後まで抵抗を試みるつもりらしく、また新たな理由を述べた。

「象徴的なものだし、気にするな。別に天界王《てんかいおう》も気にするまい」

レインは罰当《ばちあ》たりなセリフを平然と吐《は》く。

「またそういう、あたかも知人みたいな口を〜」

タルマがいつものように憎《にく》まれ口を叩《たた》いていたが、言葉とは裏腹に、今日はひどく嬉《うれ》しそうだった。

「でも……そうねぇ……これであたし達も隠れ住む生活とおさらばなのねー。そう考えると、感無《かんむ》量《りょう》だわ。あんた、ドレスだけじゃなくて、下着もちゃんと替えた？」

最後に妹に軽口を叩《たた》き、クレアが本気で赤くなっていた。

「どうせこのドレスは借り物です」

「いやいや拗《す》ねなくても。この国のものは、もうみんなクレアのだってば。あたしはこれでも本気で感動してるわよ。だって、今日を限りに日陰の生活とはおさらばだものねー。こんな日が来るとは、思ってもみなかった」

タルマのしみじみした声を聞き、レスターが感極まったように鼻を啜《すす》り上げた。

「その代わり、今後は古き敵や魔族などが山のように来るかもしれないがな」

レインは腕組みしたまま、水を差すようなことを言う。

一同の中で、こいつだけはいつもの冷静な表情のままだった。

「だいたい、私より貴方《あなた》の方が王に相応《ふさわ》しいのではありませんか？　私は確かに組織の宗主ではありましたが、政治など全くの素人《しろうと》ですよ！」

最後の抵抗とばかりに、クレアがレインに顔を向ける。

もちろん、焦点《しょうてん》を結ばない瞳《ひとみ》は相変わらずだったが、彼女がはっきりと自分を睨《にら》んでいるのは、レインにもちゃんと感じられた。

「それも関係ない、俺も素人《しろうと》だからな。個人戦はともかく、集団戦の経験も少ないから、その意味じゃ、軍事の素人《しろうと》でもある」

　堂々と言い返した後、「だが」とレインは続ける。

「それでも俺達なら、バルダーよりマシなことができるかもしれない。そう思ったからこそ、俺は今、あんたとここにいるんだ」

　クレアを正面から見つめて言い切ると、彼女は大きく息を吐《は》いた。

「まあいいです……まさかと最初に考えたことを、貴方《あなた》は本当に実行してしまいました……王が不在の国など考えられぬ以上、私もこの事実を受け止める他ないでしょう。ですがっ」

　クレアはそこで、教会の外に集《つど》うタルマをはじめとする仲間をぐるりと見渡し、最後にまたレインを見据《みす》えた。

「……庶民に過ぎない私を玉座に押し上げたからには、後の責任は持ってもらいますよ、レインさん。最後の最後まできちんと！」

　レインは「わかってる」と落ち着いて頷《うなず》いたのみだが、そこで仲間の輪の外にいたノースが、面白そうに口を挟《はさ》んだ。

「それは結局、レインと離れたくないってことだよね」

さっと、皆の視線が集中したが……本人は芝生《しばふ》の上に座り込み、朝からひなたぼっこでもしているようにくつろいでいた。とても、最近までこの城を陰で支配していた魔人には見えない。

「外から見てると、いろいろわかるなぁ。これはレインの言う通りだ」

「そんなことよりあんたさー。こんな短い時間くらい、我慢《がまん》して立ってなよ」

タルマが腰に手を当てて咎《とが》めたが、本人は気怠《けだる》そうに笑っただけだった。

「やあ。こう見えて、戦《いくさ》の時にはそれなりに役に立つんだよ、僕も。まあ見ててよ」

「……どうだか！」

タルマが唇《くちびる》を歪《ゆが》めたが、レインは忘れたような顔でクレアを促した。

「さあ、そろそろいいだろう。ほら中へ……て、どうした？」

スカートの裾《すそ》を摘《つ》まんだまま、ノースの方を見て凍《こお》り付いたように動きを止めたクレアに、レインが首を傾《かし》げる。

しかし、クレアは慌《あわ》てて首を振り、息を吸い込んだ。

「いえ、なんでも……手早く済ませましょう」

綺麗《きれい》な回れ右をしてようやく教会の扉を向いたが、横に立ったレインに、周囲に聞こえないようにそっと尋《たず》ねた。

「私は、どこかおかしくないですか？　正直なところ、こんな格好《かっこう》はしたことがないのです」

「いや、これまで見たことがないほど決まってる。あんたは元が美形だから、ちゃんとした格好《かっこう》をすれば、どこへ出しても恥《は》ずかしくはないんだ」

タルマがよく指摘する「お得意の断言口調」そのもので、レインはしっかり保証する。

しかしクレアはどう受け止めたのか、切れ長の瞳《ひとみ》を大きく見開き、劇的な速さで真っ赤になった。唇《くちびる》まで震え出すほどの動揺ぶりであり、彼女らしくなかった。

だが、レインはそれ以上は何も訊《き》かず、両開きの扉の片方に立ち、タルマと目で合図し合う。

二人は、そのまま同時に教会の扉を開けた。

まさにその瞬間、祭壇《さいだん》正面の壁に設《もう》けられた大きな窓から、昇ったばかりの朝日が差し込み、クレアを神々《こうごう》しく照らし出した。

もちろん単なる偶然《ぐうぜん》ではあったが、教会に集《つど》う廷臣達の間にどよめきが広がり、自然と拍手《はくしゅ》が湧《わ》き起こる。

クレアはもう一度深呼吸して、レインに告げた。


「――覚悟を決めて、行きます!」


「ああ、俺が後ろからついていく」

いつもと全く変わらぬ、冷静沈着な一声だった。

しかしその返事を聞き、クレアは安心して、朝日の中へ大きく一歩を踏み出した。

あとがき

いつもおつきあいくださっている方は、今回もありがとうございます。

さすがにこの巻から読む方はいないと思いますが、もしもいらっしゃった場合は、ぜひ一巻からどうぞ。


よく、レインはなんでもできるような人、という風に思われがちなんですが、実際にはひどく不器用な人でもあります。

例えば本作では、怒り狂ったバジルの前で、いきなり思わぬ行動を取ったりしますが……あれは冷静に考えても、薄氷《はくひょう》の上を歩くような危ない行為だろうなぁと。

……人間である限り、本来の本人の意思じゃなくても、「衝動《しょうどう》に駆られて――」ということが有り得ますからね。

それを思えば、やはりあの少年レインの行動は軽率なのでしょう。

ただ、これに関しては大人の方のレインも、同じ場面で同じことをやらかすような気がしましてなりません。レインに限っては、年を経て成長したとしても、ああいう不器用な部分はそのままでしょうから。

そう考えると、二人のレインは、いつもギリギリの部分で死を避けているだけの気もします。やはり、完璧なキャラには遠いかもしれませんね。

しばしば鋭いところを見せるのに、同時に呆《あき》れるほど鈍《にぶ》い部分も心に同居している……そういうキャラが、私は好きなのかもしれません。また、そういう部分を容赦《ようしゃ》なく見抜いているからこそ、ユーリやタルマは、しばしばレインに厳しいのでしょう。

——以上、レインのための弁明と思いきや、実は彼に厳しい女性二人のための弁明でした。


この本を出すにあたり、ご助力をくださった全ての方達にお礼を申し上げます。

最後はもちろん、この本を手にしてくださったあなたに、精一杯の感謝を。

二〇一五年五月　吉野　匠　拝

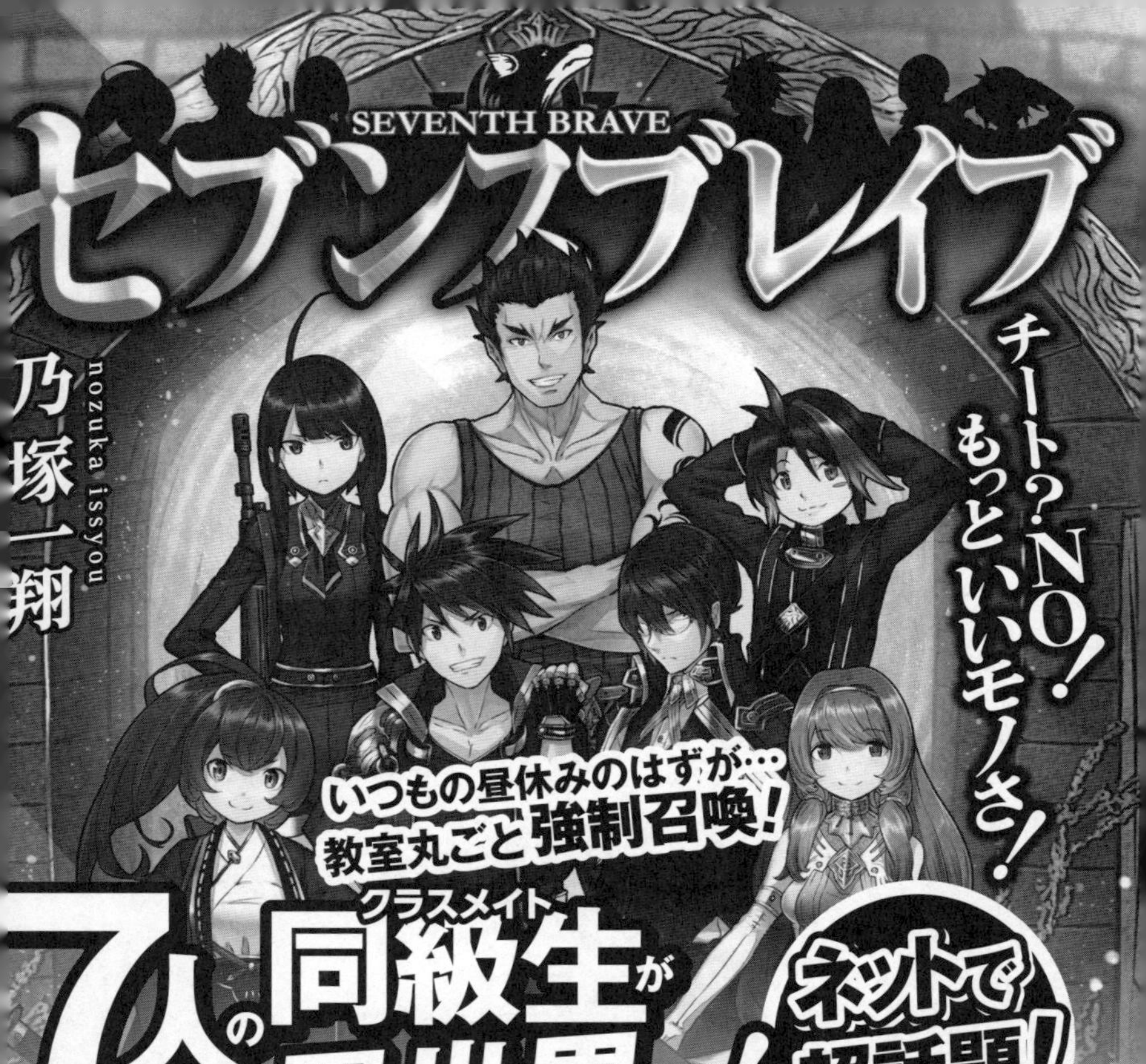

7人の個性派勇者が繰り広げる異世界冒険譚、待望の書籍化!

7人の同級生が、勇者として異世界に召喚された——。他の6人は圧倒的な力を手にしたにも拘らず、主人公・戌《いぬ》伏《ぶし》夜《や》行《こう》だけは何の能力も得られないまま、ただの料理人として過ごすことに。そんなある日、転送魔法陣に乗った瞬間、なんと夜行だけが見知らぬ森に飛ばされてしまう。そこは凶暴な魔物が犇めく死地——敵に追い詰められ、絶体絶命の危機に瀕した時、夜行の隠された力がついに目覚める!

定価:本体1200円+税　ISBN:978-4-434-20646-7

illustration:赤井てら

本 一冊で事足りる異世界流浪物語

結城《YUKI》絡繰《KARAKU》

異世界で手にした一冊の本が青年を無敵にする

ネットで大人気！本好き青年の異世界バトルファンタジー、開幕！

不幸にも事故死してしまった本好き高校生・陵陵《ミササギリョウ》。神様の気まぐれで、異世界へと転生した彼に与えられたのは、世界中に散らばった〈神製の本〉を探すという使命と、一冊の古ぼけた本――あらゆる書物を取り込み、万物を具現化できるという「無限召喚本《チート》」だった。ファンタジー世界の常識を無視するような強力な武器を次々と具現化して、思うがままに異世界を蹂躙するミササギ。そしてとある魔物が隠し持っていた〈神製の本〉と対面したことで、彼の運命は思わぬ方向へと動き出す――

定価：本体 1200 円＋税　ISBN：978-4-434-20663-4

illustration：前屋進

吉野匠（よしのたくみ）
東京都内にて生誕。自分の小説が本になるのを夢見て、せっせと書き続ける。その中でも特に「レイン（雨の日に生まれた戦士）」がネット上で爆発的な人気となり、遂に同作で出版デビュー。著書は他に「Wヒーロー」（角川書店）、「ショウ」（TOブックス）などがある。

イラスト：MID
http://midlibro.blogspot.jp/

レイン 12　光の当たる場所

吉野匠（よしのたくみ）

2015年 5月31日初版発行

編集ー加藤純・太田鉄平
編集長ー塙綾子
発行者ー梶本雄介
発行所ー株式会社アルファポリス
〒150-6005 東京都渋谷区恵比寿4-20-3 恵比寿ｶﾞｰﾃﾞﾝﾌﾟﾚｲｽﾀﾜｰ5F
TEL 03-6277-1601（営業） 03-6277-1602（編集）
URL http://www.alphapolis.co.jp/
発売元ー株式会社星雲社
〒112-0012 東京都文京区大塚3-21-10
TEL 03-3947-1021
装丁・本文イラストーMID
装丁デザインーansyyqdesign
印刷ー株式会社廣済堂

価格はカバーに表示されてあります。
落丁乱丁の場合はアルファポリスまでご連絡ください。
送料は小社負担でお取り替えします。

ISBN978-4-434-20665-8 C0093